MAIS OU MENOS 9 HORAS

MAIS OU MENOS 9 HORAS

VITOR MARTINS

Copyright © 2024 by Editora Globo S.A
Copyright do texto © 2024 by Vitor Martins

Todos os direitos reservados. Nenhuma parte desta edição pode ser utilizada ou reproduzida — em qualquer meio ou forma, seja mecânico ou eletrônico, fotocópia, gravação etc. — nem apropriada ou estocada em sistema de banco de dados sem a expressa autorização da editora.

Editora responsável **Paula Drummond**
Editora de produção **Agatha Machado**
Assistentes editoriais **Giselle Brito e Mariana Gonçalves**
Preparação **João Pedroso**
Revisão **Theo Araújo**
Diagramação **Gisele Baptista de Oliveira**
Projeto gráfico original **Laboratório Secreto**
Ilustração e design de capa **Douglas Lopes**

Texto fixado conforme as regras do Acordo Ortográfico da Língua Portuguesa (Decreto Legislativo nº 54, de 1995).

CIP-BRASIL. CATALOGAÇÃO NA PUBLICAÇÃO
SINDICATO NACIONAL DOS EDITORES DE LIVROS, RJ

M347m

Martins, Vitor
Mais ou menos 9 horas / Vitor Martins. - 1. ed. - Rio de Janeiro : Globo Alt, 2024.

ISBN 978-65-85348-69-0

1. Romance brasileiro. I. Título.

24-92418
CDD: 869.3
CDU: 82-31(81)

Meri Gleice Rodrigues de Souza - Bibliotecária - CRB-7/6439

1ª edição, 2024 — 1ª reimpressão, 2024

Direitos de edição em língua portuguesa para o Brasil adquiridos por Editora Globo S.A.
R. Marquês de Pombal, 25
20.230-240 — Rio de Janeiro — RJ — Brasil
www.globolivros.com.br

Para o meu pai

AGORA

Estou no meio do Terminal Rodoviário Tietê um dia antes do meu aniversário de trinta anos quando recebo uma mensagem do meu colega de apartamento.

Se precisar de qualquer coisa me liga, tá?

Não sei o que responder. Envio um emoji de coração amarelo porque, na minha cabeça, é o que melhor se encaixa na situação. Coração vermelho é para quando estou apaixonado. Coração roxo, quando estou com tesão. Nunca tive que escolher a cor ideal do emoji de coração para "obrigado pelo apoio, amigo, mas sinceramente não sei como você poderia me ajudar agora que estou prestes a embarcar numa viagem longa de ônibus para a minha cidade natal porque meu pai morreu e será enterrado amanhã de manhã e eu nem sei se eu queria ir, porque ainda estou processando o fato de que a notícia da morte dele não me fez sentir nada". O amarelo vai ter que servir.

Quando minha mãe me ligou avisando que meu pai não resistiu ao último AVC, a primeira coisa que senti foi frustração por ter que cancelar minha festa de aniversário, que consistiria em meia dúzia de gays lá em casa bebendo e fumando maconha de janela fechada para a vizinha de cima não reclamar de novo e passar uma semana deixando bilhetes passivo-agressivos na minha porta com ameaças veladas de contar para o porteiro, o síndico e, em caso de persistência, para a polícia. Logo depois, senti culpa por ter pensado em algo tão banal diante de um acontecimento tão definitivo. E, em seguida, não senti nada. Um Grande Nada que passou as últimas vinte e quatro horas se arrastando dentro de mim. Vez ou outra eu só consigo pensar *"puta merda, meu pai morreu"*. Mas não elaboro muita coisa depois disso.

— Menino! — alguém chama, estalando os dedos na frente do meu rosto. — Crédito ou débito?

— Crédito — murmuro.

Minha cabeça está trabalhando dobrado hoje para me fazer focar em qualquer coisa. Tento me colocar para baixo por estar pagando um lanche de rodoviária no crédito. Depois, me coloco para cima porque, apesar da barba desgrenhada, do cabelo oleoso e dos óculos cheios de marcas de dedo, a vendedora me chamou de "menino". E, por fim, para baixo de novo porque cansei de ser visto como menino por desconhecidos. Queria chegar aos trinta com cara de *homem*. Acho que não vai dar tempo.

Balanço a cabeça para sair desse turbilhão mental e me esforço para colocar um sorriso simpático no rosto de zumbi enquanto pago vinte reais pelo pão de queijo mais feio que já vi na vida. Penso em pedir uma Coca Zero para ajudar a engolir, mas qualquer gota de cafeína agora só me faria mal. Com a surpresa da morte do meu pai (que já havia se recuperado de outros três AVCs e fez a família toda achar que desta vez também não seria nada), só consegui passagem para o ônibus da tarde. O da madrugada já estava lotado. Então, com sorte, vou deixar o cansaço acumulado me fazer dormir o máximo possível durante os quinhentos quilômetros que separam São Paulo de Nova Friburgo, na região serrana do Rio de Janeiro.

— Obrigado — agradeço à atendente enquanto ela me entrega um saco de papel com o pão de queijo que, conforme posso constatar, além de feio, é duro.

E está meio frio.

— Volte sempre. Boa viagem — ela responde, parecendo um robô de tão artificial.

Não pretendo voltar nunca. E a viagem será péssima.

Depois de uns vinte minutos de atraso, o ônibus para na plataforma. O que sinto é uma mistura de alívio e frustração. Porque passei os últimos vinte minutos esperando o ônibus chegar, mas, ao mesmo tempo, torcendo para que não viesse. Para que quebrasse no caminho até aqui, para que todas as vias de acesso à cidade explodissem, para que eu explodisse junto. Qualquer coisa que me desse uma desculpa de verdade para não ir ao velório do meu pai.

Nem sei o que me assusta tanto nessa ideia. Talvez o medo de que todo mundo lá espere que eu chore. Sei que não vou chorar. Além do mais, eu nem consigo fingir choro. Namorei um ator de teatro por um tempo, uns dois anos atrás. Ele conseguia. Chorava de mentira para me deixar mal quando eu saía para jantar com meus amigos e voltava tarde para casa. Depois terminou comigo e espalhou para todos os nossos conhecidos que eu era emocionalmente desequilibrado, irresponsável e tóxico. Não me dei ao trabalho de me defender na época porque acho que ele tinha razão. Se eu *soubesse* fingir choro, teria feito *tanta* chantagem emocional com ele. No fim das contas, aquela história toda sobre eu ser emocionalmente desequilibrado, irresponsável e tóxico tinha um fundinho de verdade.

Estou levando só uma mochila com duas mudas de roupa, um livro que sei que não vou ler e as tranqueiras tecnológicas de sempre. Não quero me prolongar muito por lá. Vou inventar que está uma correria no trabalho e tentar dar no pé assim que jogarem a última pá de terra. Metaforicamente. Acho que o caixão do meu pai vai ser colocado naquelas gavetas de concreto, e não enterrado de fato. Não sei direito. Nunca parei para perguntar que tipo de sepultamento o plano funerário da família cobre. Talvez seja uma boa oportunidade para descobrir, já que, segundo insinuações dos gays de vinte e poucos anos do meu círculo de amizades, com trinta anos já serei Gay Sênior. Aos quarenta, é leito de morte na certa.

No piloto automático, pego a fila que anda devagar, cheia de passageiros rabugentos, e subo no ônibus. Guardo a mochila no compartimento em cima da poltrona e ocupo o assento dezenove, que fica ao lado da janela de emergência e, por conta disso, tem um espaço a mais para as minhas pernas compridas. Viagens interestaduais de ônibus sempre me fazem odiar ser alto, coisa que, na maior parte do tempo, eu gosto. É algo que me ajuda em aplicativos de pegação, porque as pessoas acreditam que ter 1,90m de altura significa que eu tenho um piruzão enorme. O que não é verdade, infelizmente. Ou felizmente, sei lá. Depois do ex-namorado ator, saí três vezes com um cara que tinha um piruzão enorme e acho que isso não tornava a vida dele tão boa quanto todo mundo acha. Ele parecia triste na maior parte do tempo. Mesmo com aquele piruzão enorme.

Me acomodo na poltrona de estofado estampado, coloco os fones de ouvido, pego o celular e procuro a playlist "Andando De Ônibus e Imaginando Que Estou Em Um Clipe", que costumo escutar toda vez que ando de ônibus por São Paulo. Não me parece adequada para a situação, mas infelizmente não deu tempo de criar a playlist "Indo De Ônibus Para o Velório Do Meu Pai".

— Senhor — ouço alguém me chamar através dos fones de baixíssima qualidade e sem nenhum cancelamento de ruído.

Na mesma hora sinto saudades de quando a moça do pão de queijo duro me chamou de "menino". Bons tempos.

Olho para o lado e encontro uma mulher baixinha, de vestido florido e segurando um garoto que, mesmo já tendo metade do tamanho dela, está pendurado em seus braços. Imediatamente começo a tatear meu bolso em busca da passagem para verificar se me sentei na poltrona certa.

Ela parece perceber minha intenção.

— Não, não, senhor. Sua poltrona é essa mesma. Eu queria te pedir um favor.

Quando a mulher fala a palavra "mesma", o sotaque entrega que ela é friburguense. Não chega a ser um "meiishhhma" de quem nasceu na capital, mas tem a quantidade certa de chiado para mostrar que ela é do *estado* do Rio de Janeiro. Deve estar voltando para casa. Ou não. Tenho o mesmo sotaque que ela e, definitivamente, não estou voltando para casa.

— Oi? — pergunto, tirando os fones de ouvido ordinários e tentando ganhar tempo.

— Eu comprei as últimas passagens, sabe? Pra mim e pro Gael. Meu filho. — Ela levanta o quadril esquerdo, fazendo

Gael pular em seu colo para me mostrar quem é o garoto, caso não tenha ficado óbvio. — É que só tinha dois lugares separados. E eu queria saber se...

— Claro, claro — me prontifico, guardando minhas tralhas no bolso e me levantando. Porque é óbvio que não vou fazer uma mãe viajar longe do filho Gael, ainda mais quando uma das alternativas é deixar o garoto sozinho do meu lado.

— Onde fica o seu outro lugar?

— É no fundo, tem problema?

Meio que tem. O fundo do ônibus fica em cima da roda e perto do banheiro. Será uma viagem cheia de balanço e com cheiro de privada.

— Não — minto.

— É corredor, tem problema?

Puta que pariu.

— Nenhum.

— O senhor é um anjo. Poltrona trinta e quatro. Muito obrigada!

— Não precisa agradecer — digo, fazendo a movimentação desengonçada de sair do meu espaço, deixar ela entrar com a criança, pegar minha mochila no compartimento de carga e, silenciosamente, me despedir da poltrona dezenove com espaço a mais para as pernas e a porra de uma janela. — Boa viagem pra gente.

— *Obigadu, moço* — ela diz com uma voz de bebê, balançando a mão do filho como se ele fosse um fantoche.

Dou as costas sem saber como reagir e caminho até o fundo. O passageiro da poltrona ao lado da minha ainda não chegou. Se a mulher comprou mesmo as últimas passagens, o ônibus vai partir lotado. Então só me resta torcer para que a pessoa que irá me acompanhar nessa viagem tenha desistido de ir para Nova Friburgo. O que não é muito difícil. Estou surpreso por *eu* ainda não ter desistido.

Repito todo o ritual. Guardo a mochila. Coloco o fone de ouvido. Afivelo o cinto de segurança, motivado por um medo irracional do ônibus virar do nada e eu morrer também. Solto o cinto de segurança porque isso não faz sentido, já que a qualquer momento vou precisar levantar para dar espaço ao passageiro do banco 33, e fico dois minutos olhando para o chão, com uma fivela em cada mão, pensando *"puta merda, meu pai morreu"*.

— Com licença? — uma voz grave chama.

Merda. Nenhuma desistência de última hora. A poltrona 33 será ocupada. De cabeça baixa, encaro primeiro os pés do meu companheiro de viagem. Ele está de sapatênis. Um modelo que não é necessariamente feio. Parece caro, até. Mas, mesmo assim, sapatênis. Uma escolha que separa homens de meninos. Um contraste evidente com os Vans pretos imundos que decidi usar porque era o único par de sapatos pretos que eu tinha, apesar do meu colega de apartamento, Cristiano, ter argumentado que se vestir todo de preto para velórios é coisa de filme norte-americano.

Nunca fui em um velório na vida. Nunca perdi ninguém por quem valesse a pena ir. Minha primeira vez será no do meu pai. E eu ainda não sei se vale a pena.

— Claro, claro — digo, largando de vez as duas extremidades do cinto no banco.

Me levanto bruscamente para deixar o homem passar pelo espaço apertado até o assento da janela. Dou uma cabeçada no queixo dele sem querer, porque a esta altura já não consigo controlar direito o que estou fazendo. Só quero me jogar na minha poltrona, ouvir o motor do ônibus arrancando e tentar dormir. Tentar não pensar.

MAIS ou MENOS 9 HORAS   13

— Ai! — o homem da voz grave grita.

Um "ai" aveludado que quase tem um "n" invisível no final.

— Desculpa, desculpa… Foi sem querer, eu…

Congelo.

Ele olha para mim. Eu olho para ele. O mundo gira em câmera lenta por dois segundos no fundo desse ônibus deprimente e eu perco o chão, o ar e provavelmente toda a cor do meu rosto.

Ele não. Continua corado, com o cabelo brilhante, os olhos ridículos de tão verdes, a pele sedosa e o cheiro de quem teve tempo e força de vontade para tomar um banho.

— Júnior? — diz ele com uma risada, como se essa fosse a coincidência mais gostosa do mundo.

Assinto, porque Júnior é o meu nome. João Paulo Batista Júnior. Filho do João Paulo Batista.

Não sei o que dizer. Porque na vida real não dá para mandar emoji de coração amarelo para fingir que está tudo bem. Momentos como este exigem uma resposta verbal. Mas que resposta verbal se dá quando você está prestes a passar mais ou menos nove horas preso num ônibus rumo ao velório do seu pai ausente ao lado de alguém que fez parte de um momento da sua vida que, justo agora, você só queria esquecer?

— Otávio — respondo, por fim, dando um passo para o lado e abrindo passagem para o meu primeiro namorado.

MAIS OU MENOS TREZE ANOS ANTES, NUMA TERÇA-FEIRA QUALQUER

— **Otávio!** — **chamei** do outro lado da calçada.

Ele parecia perdido no meio daquele mar de alunos com uniforme verde militar, mas dava para perceber como seu rosto se iluminou ao me ver. Inconsequente como sempre, ele atravessou a rua sem olhar para os lados e me encontrou embaixo da árvore da pracinha que ficava em frente ao colégio. A gente se cumprimentou com um aperto de mãos mais demorado do que o normal e, no fundo daqueles olhos verdes, dava para ver que ele queria me beijar bem ali, no meio da praça. Na frente de todo mundo. Assim como as dezenas de casais héteros daquele colégio particular compostos por uma loira magrela e um moleque de franja e aparelho nos dentes chamado Matheus faziam, porque todo mundo que estudava ali parecia se chamar Matheus. Mas, para nós dois, aperto de mão e sorriso tímido teria que servir por enquanto. Pelo menos até chegarmos no Nosso Lugar.

— Por que você não avisou que vinha me buscar? — ele perguntou, soltando minha mão e enganchando os polegares nas alças da mochila.

— Tô sem crédito no celular — respondi. — Tive aula vaga no último tempo e decidi tentar a sorte pra ver se conseguia te encontrar.

Otávio sorriu e fez aquela cara boba de quem finge que entendeu. Ele sempre teve dificuldade de compreender o conceito de "aula vaga". Na cabeça dele, não fazia sentido o governo do estado não contratar professores suficientes para preencher a grade de todas as turmas. Já para mim, sair do colégio mais cedo porque, apesar de o ano estar quase na metade, ainda não tinham arrumado um professor de filosofia com a desculpa de que "filosofia não importa tanto assim para o ENEM" era só mais uma terça-feira qualquer.

Nossas rotinas eram muito diferentes. Cada minuto da agenda do Otávio era tomado por alguma oportunidade para estudar mais. O vestibular sempre foi seu maior objetivo de vida. Estudar Direito na USP, seguindo os passos da irmã mais velha, que tinha seguido os passos do pai. Era questão de vida ou morte.

As minhas prioridades eram bem diferentes. Eu sonhava baixo. Só queria ir embora de Nova Friburgo. Fazer qualquer coisa que me desse dinheiro o suficiente para vazar de lá. E buscar meu namorado no colégio sempre que conseguisse.

— Vai poder almoçar comigo? — ele perguntou.

— Vou, sim — respondi. — Lugar de sempre, né?

Otávio abriu mais um sorriso tímido, fazendo um movimento de cabeça para jogar a franja de lado. Ele ainda tinha franja naquela época. O cabelo liso escorrido e loiro-escuro vivia caindo sobre os olhos e, com o tempo, ele adquiriu a habilidade esquisita de jogar a franja para o lado sem usar as mãos. Era quase como um tique nervoso, mas eu achava fofo.

— No lugar de sempre.

Sem perder muito tempo, caminhamos lado a lado sob o sol do começo da tarde, com nossos braços se esbarrando de vez em quando da maneira mais sutil possível para que ninguém na rua percebesse que aqueles dois garotos estavam desesperados para andarem de mãos dadas em público.

— Hoje tem cursinho, né? — perguntei, puxando um assunto qualquer para preencher o silêncio enquanto ainda estávamos dentro do campo de audição dos colegas de classe do Otávio, aquela horda de zumbis cansados de estudar, todos com seus uniformes horrorosos e mochilas pesadíssimas batendo nas costas com um baque surdo a cada passo.

— Tenho, sim. Às duas — ele respondeu com um sorriso cansado.

Nem sei por que perguntei. Eu tinha o cronograma de atividades do Otávio quase tatuado na minha mente. Ele nunca tinha tempo livre. Seus pais preenchiam cada vazio da rotina com alguma coisa que ele precisava aprender. Além das aulas na escola, tinha o pré-vestibular, o jiu-jitsu, que ele odiava, a natação, que ele amava, o curso de inglês e a aula de piano. Eu ficava com o tempinho que sobrasse, arrumando buracos aqui e ali, sempre disponível para qualquer fatalidade (tipo quando o clube suspendeu as aulas de natação por duas semanas porque um rato tinha morrido afogado e entupido o ralo da piscina, ou quando o gato da professora de piano morreu e ela tirou duas semanas de licença). Era meio deprimente viver nessa expectativa de que algum animal morresse para que Otávio tivesse tempo para mim.

Paramos na padaria de sempre, compramos o almoço de sempre (uma esfirra de frango para mim, uma de queijo para ele, uma Coquinha gelada pra gente dividir) e seguimos caminho sob o sol.

Estávamos quase lá. Dois quarteirões depois da padaria, viramos à esquerda, depois à direita, e apertamos o passo, ansiosos. Na última virada à esquerda, já ofegantes, finalmente chegamos ao Nosso Lugar.

O Nosso Lugar não era nada de mais. Só uma rua abandonada o suficiente para não passar ninguém, mas não tão abandonada a ponto de ter cheiro de mijo pelos muros. Uma rua sem saída cheia de casas com muros altos, habitadas por pessoas que nunca vimos entrando nem saindo. Árvores grandes deixavam a rua sombreada e fresquinha. E, lá no fundo, depois do espaço onde os carros manobravam na rua sem saída, havia um ponto de ônibus antigo, daqueles com banco de madeira e cobertura de telhas laranja cobertas de musgo.

Até onde eu sabia, o ponto de ônibus tinha sido desativado depois que fecharam a rua para a construção de um condomínio, e o banco de madeira ficava num ângulo perfeito para nos esconder de quem passava pela entrada do Nosso Lugar, o que nos dava tempo de soltar a boca um do outro caso escutássemos alguém se aproximando.

É claro que a gente não ia lá só para almoçar salgado de padaria com Coca-Cola. Assim que subimos na plataforma de concreto do ponto de ônibus, eu e Otávio soltamos as mochilas e avançamos um no outro, com a saudade acumulada desde a sexta-feira anterior, quando tínhamos nos visto pela última vez.

O beijo do Otávio tinha gosto do chiclete de hortelã que ele sempre carregava no bolso, e o seu cheiro era uma mistura de amaciante de roupas, suor e um perfume meio amadeirado que ele usava. Cheiro de árvores, de aventura, sei lá. Não entendo de perfumes. Era o cheiro do Otávio. Um que eu provavelmente vou ser capaz de reconhecer pelo resto da vida.

A pele dele, ainda mais branca do que a minha, já que ele nunca pegava sol, ficou corada muito rápido. Era a mistura da adrenalina com a textura da minha barba recém-aparada que arranhava seu rosto enquanto a gente se beijava. Tá bom. Chamar de "barba" é forçar um pouco. Mas chamar de "pelos do queixo que estavam ásperos porque eu tinha passado Gillette um dia antes" é humilhante demais.

Depois de uns cinco minutos de beijo ininterruptos, nós dois, já no limite do desespero com as limitações que tínhamos por estarmos no meio da rua, esfregando língua com língua e calça com calça, paramos para respirar.

— Que saudade que eu estava, meu dengo — ele disse, com a voz abafada contra o meu pescoço.

Já fazia uns dois meses que Otávio estava me chamando de "dengo". Eu achava meio brega. Parecia nome de cachorro. Mas o *jeito* como ele falava era fofo demais, e eu não tinha coragem de pedir para parar. Além do mais, era bem melhor do que "vida", que era como ele me chamava antes de começar com essa de "dengo". "Vida" era superpesado. Me dava importância demais. E, sendo bem sincero, eu sabia que não era a *vida* de um garoto que tinha hora marcada até para ir ao banheiro. Estava bem longe disso. Ser dengo era mais coerente, porque sem dengo dá para continuar vivendo. Sem vida… meio que não dá, né?

Pisquei várias vezes para expulsar alguns pensamentos horríveis da minha cabeça. Nunca dava certo, mas eu fazia mesmo assim. Estar com Otávio era no que eu pensava o tempo inteiro quando não estava com ele. Daí, quando finalmente nos encontrávamos, eu só conseguia pensar em como iria doer quando a gente terminasse. Porque a gente ia terminar. Eu tinha certeza. Não sabia quando, não sabia o motivo. Mas sabia que ele era bom demais para ser verdade. E coisas boas não costumavam durar muito tempo na minha vida.

— Tava com saudades também — respondi, ofegante. — E com fome.

Ele riu.

Ocupamos nosso banco e Otávio arrumou nossas esfirras, a garrafa de 600ml e dois copos de plástico como quem põe uma mesa de jantar para uma ocasião especial. Ele sempre fazia aquilo. Eu achava bonitinho.

Brindamos com os copos descartáveis e comecei a devorar o almoço meia-boca, porque quanto menos tempo a gente perdesse comendo, mais tempo teríamos para todo o resto.

— Sabe, Júnior, eu estava pensando... — Otávio me encarou com olhos verdes que cintilavam como duas lagoas, as bochechas ainda vermelhas. — Seu aniversário está chegando...

— Não precisa de presente — anunciei de boca cheia. — Meus pais já andam desconfiados demais.

Eu não gostava quando o Otávio gastava dinheiro comigo porque, toda vez que ele me dava alguma coisa, eu precisava *justificar* a existência dessa tal coisa lá em casa. No geral, sempre acabava inventando que havia ganhado de presente da Larissa, minha melhor amiga do colégio. E sempre colava, porque meus pais a conheciam e achavam que a gente namorava. Eu deixava eles acreditarem. Mas com o número constante de presentes que o Otávio vinha me dando nos últimos cinco meses desde que tínhamos começado a namorar oficialmente, estava ficando cada vez mais difícil inventar desculpas para chegar com coisas novas em casa.

— Não vou te dar presente, juro — ele mentiu. Otávio ainda me deu muitos presentes depois disso. — Mas eu estava pensando, tipo, em fazer algo… diferente? Talvez a gente pudesse sair para… jantar? — A última palavra saiu tão abafada que parecia até um segredo, como se ele estivesse me pedindo ajuda para esconder um corpo.

— *Oi?* — respondi de maneira alta e completamente fora do tom, justificando o medo que o Otávio sentia de me chamar para jantar. — Nós dois sozinhos num *restaurante*? Ainda mais no *meu aniversário*? Que é um dia super…

— Eu sei, eu sei — ele me interrompeu. — Viajei. Desculpa. Nada a ver.

Ele desviou o olhar e ficou encarando a esfirra meio mordida. Me senti culpado.

— Não é que eu não *queira*. É só que… qualquer um pode ver e… falar coisas, e…

Eu nem sabia como justificar. Nem o que me assustava tanto. Só sabia que o medo existia. Estava ali, presente, tipo um fantasma de desenho animado. Um lençol branco que flutuava do meu lado como um lembrete de que ninguém naquela cidade poderia saber que eu era gay, porque senão seria o fim.

— Eu entendo. De verdade. Sei que é perigoso. Só queria te dar uma noite especial.

Ele me olhou com uma expressão genuinamente triste, e eu lembro de sentir vontade de me encolher todinho até sumir.

— Isso aqui — falei, segurando as mãos dele por cima do banco — já é especial demais para mim.

Apesar do meu tom de voz firme e convincente, eu estava mentindo. Afinal, não tinha nada de especial em ficar se beijando escondido num ponto de ônibus caindo aos pedaços no fim de uma rua abandonada, de ouvidos sempre atentos a qualquer barulho por medo de sermos vistos. Minha cabecinha adolescente podia fantasiar tanto quanto quisesse, mas um amor como o que eu sentia pelo Otávio não merecia ser escondido assim. A gente merecia celebrar todo dia. Se beijar num palácio onde tudo fosse feito de ouro, cristais e mais ouro.

Só que eu não sabia disso ainda. E, como disse, eu sonhava bem baixo.

AGORA

— **Mentira! — Otávio exclama,** surpreso de verdade.

Ele mexe os braços, meio sem jeito, tentando entender se é o momento ideal para um abraço.

É o pior momento do mundo para abraçar meu primeiro namorado. Mas não falo isso em voz alta. Apenas me jogo no banco do ônibus, coloco as pernas para o lado e abro espaço para ele ocupar a poltrona da janela.

Quando Otávio passa, sinto um pisão literal no pé e um soco metafórico no estômago. O cheiro dele continua o mesmo. Deve ser coisa da minha cabeça, óbvio. Ninguém passa treze anos usando o mesmo perfume e o mesmo amaciante de roupas. Mas eu juro, a presença do Otávio traz o mesmo cheiro que eu sentia toda vez que a gente se beijava naquele ponto de ônibus abandonado. Cheiro de aventura.

Percebo que ele já deve ter se acomodado e eu ainda estou encolhido e virado de lado. Não quero sair dessa posição, mas é preciso. Primeiro porque sou um adulto que enfrenta as coisas de peito aberto (haha), segundo porque é bem desconfortável ficar assim.

Levanto os ombros, viro o corpo para a frente, ajusto o cinto de segurança novamente e respiro fundo.

— Caramba, que coincidência — diz Otávio, balançando os joelhos para cima e para baixo.

Ele costumava fazer isso quando estava nervoso ou feliz ou ansioso ou lidando com qualquer emoção inesperada.

— Nós dois temos família em Friburgo, então nem é tanta coincidência assim. Não é como se a gente tivesse se encontrado do nada num voo pra Patagônia — respondo.

Não sei o que acontece comigo, mas meu mecanismo de defesa para todas as poucas vezes em que encontrei o Otávio depois que a gente terminou é ser um grande filho da puta. É quase instintivo.

— Nossa, bem que eu queria, viu? — ele diz, rindo. Inabalável. — A Patagônia é um dos lugares mais lindos que eu já conheci.

Óbvio que ele conhece a porra da *Patagônia*.

Não sei o que responder. Nem quero responder. Encaro fixamente o recosto do assento à minha frente. Isso aqui é um ônibus interestadual que, diferente de voos para a Patagônia, não tem aquelas tevêzinhas diante de cada banco, então eu só leio as instruções de segurança para emergências, impressas na capa que envolve o estofado. Leio e releio até as palavras pararem de fazer sentido.

Otávio suspira alto. O momento parece desconfortável para ele também. Eu *espero* que esteja desconfortável para ele também.

As últimas pessoas começam a ocupar os últimos assentos livres. Só quero ouvir o motor do ônibus arrancando logo.

— Meu sobrinho já vai fazer um ano, acredita? — Otávio comenta, como se eu tivesse todo o contexto que um comentário desses exige. — Olha aqui.

Ele está estendendo o celular na minha direção. Contra a minha vontade, eu olho. É uma foto do garoto brincando na grama com uma camisa do Flamengo e uma bola de futebol que é quase do tamanho dele. O mais puro futebolismo compulsório. Também tenho fotos com camisa do Flamengo de quando eu era criança, na época em que meu pai ainda tinha esperanças de que nós dois teríamos qualquer coisa em comum.

— Fofo — digo, porque não sei mais o que comentar sobre a foto de uma criança que não conheço.

— O nome dele é Theo.

Óbvio que o nome do garoto é *Theo*.

— Legal.

— Geminiano igual você.

— Nossa… Boa sorte pra família.

— Na verdade… é engraçado até. Ele faz aniversário junto contigo.

— Ah.

O lembrete de que meu aniversário é amanhã também me faz recordar do motivo que me trouxe a este ônibus. Não é como se eu tivesse *esquecido*, claro. Mas ter que lidar com todo o constrangimento de encontrar meu ex e com todo o malabarismo mental necessário para interagir com ele encheu minha mente com outros pensamentos além de *"puta merda, meu pai morreu"*.

— Que foi, Júnior? Achou que eu não lembrava mais? — Otávio ri. — Seu aniversário é bem difícil de esquecer, né? Não é todo mundo que nasce no Dia dos Namorados.

Solto uma risadinha involuntária.

— Que bom, né? Imagina se fosse.

— Um único dia no ano para comer bolo de aniversário — ele diz, fingindo tristeza. — Que mundo horrível!

— Ter que dividir seu dia especial com o mundo inteiro — digo, sem precisar fingir muito, porque estou triste de verdade.

— Ter que dar presente pra *todo mundo* que você conhece no mesmo dia.

Mais uma risadinha.

— Nossa — digo. — Eu ia dar só meus parabéns e tá ótimo.

Otávio ri mais alto.

A risada dele continua a mesma. Grave, meio rouca. Me dá raiva. E saudade também.

— Boa tarde, passageiros! — O motorista do ônibus está de pé lá na frente. Ele começa a falar um monte de coisa que daqui do fundo não dá para ouvir direito. Mas provavelmente são os anúncios de sempre, sobre a obrigatoriedade do cinto de segurança, a parada de trinta minutos no meio da viagem e um pedido para que ninguém encha o saco durante o trajeto.

Ele desaparece. Segundos depois, o motor do ônibus arranca. O banco começa a tremer. Em algum lugar mais à frente, dois bebês começam a chorar. A experiência completa de uma viagem de ônibus para Nova Friburgo, Rio de Janeiro.

— Mas então... — Otávio volta a puxar assunto assim que o ônibus começa a sair da rodoviária. — Está indo comemorar o aniversário com a família? É amanhã, né?

Respiro fundo.

Não sei como responder a isso também. Não sei se *quero* responder. Mas parece que ele vai passar a viagem inteira tentando conversar. Ou eu aceito, ou me jogo da janela. O que seria bem difícil, já que a mãe do Gael *tirou* a janela de mim.

Fecho os olhos por uns dois segundos e penso numa terceira opção. A de encerrar a conversa de uma vez por todas e lidar com o silêncio desconfortável durante a viagem inteira.

— Não, Otávio — respondo, ainda de olhos fechados. —
Meu pai morreu.

É esquisito falar em voz alta. Me sinto mal por ter vontade
de sorrir assim que as palavras saem da minha boca. Me sinto
bem por colocar para fora e dar fim à conversinha fiada com
meu ex.

— Nossa… — ele diz, pego de surpresa.

— Pois é.

Silêncio.

— Foda…

MAIS OU MENOS VINTE E QUATRO HORAS ANTES

Eu estava com o Cristiano no sofá da sala, almoçando, vendo TV e mexendo no celular. Tentando manter todos os meus sentidos ocupados para não precisar lidar com o fato de que eu precisava voltar a trabalhar dali a vinte minutos.

Eu e Cris temos o que a mãe dele chama de "empregos de mentira". Eu chamo de "empregos de gays medianos que não são nem bonitos demais para viverem da própria beleza nem ricos demais para darem continuidade ao legado da família na medicina". Sou redator de podcasts e ele é designer de interfaces. Duas profissões que nem existiam cinco anos atrás, mas que, hoje em dia, são disputadas por milhares de jovens meio perdidos na vida. Meu principal cliente é um podcast grande, comandado por duas blogueiras da Era de Ouro dos Blogs que, cansadas da pressão para estarem sempre bonitas, decidiram embarcar numa produção em áudio para não terem que mostrar a cara o tempo inteiro, enquanto conversam por duas horas sobre estilo de vida, maternidade e veganismo. Meu papel é elaborar pautas, criar perguntas para os entrevistados e fazer todo o tipo de pesquisa necessária para que as duas só precisem ler o roteiro e acrescentar uma piadinha espontânea vez ou outra. Apesar de odiar, sou bom no que faço. Qualquer um dos milhares de ouvintes do (juro por deus) *Mamãe Blogueira Cast* não seria capaz de adivinhar que todas as pautas sobre estilo de vida, maternidade e veganismo são criadas por um gayzinho medíocre que não é mãe e come carne em todas as refeições do dia. Eu só coloco uma peruca loira metafórica, acendo uma vela de lavanda que comprei na Zara Home por noventa reais, bebo um copo de leite de aveia e incorporo a personagem.

Cris vive dizendo que eu deveria ter mais responsabilidade financeira e parar de viver como se eu fosse morrer amanhã. Ele também diz que é incoerente beber leite de aveia e continuar comendo a quantidade de carne que eu como. Na maioria das vezes, eu apenas ignoro porque, baseado em vários nadas, acredito que leite de aveia deixa minha pele mais bonita.

Enfim, lá estávamos nós, terminando de almoçar e tentando pensar em qualquer outra coisa que não fosse a tarde entediante de pessoa jurídica que nos aguardava.

— Hoje você tem roteiro de episódio pra terminar ou tá só pesquisando para o... — Cris começou.

Levantei o dedo indicador e soltei um grunhido ininteligível porque estava de boca cheia.

Engoli a comida. Bebi um golinho de Coca Zero que estava usando para harmonizar com o strogonoff. Pigarreei.

— Nada de falar de trabalho. Ainda tenho vinte minutos de almoço.

— Você é tão metódico às vezes, Júnior — disse ele, passando a mão para cima e para baixo na nuca.

Cris tinha cortado o cabelo no dia anterior, e ele sempre fazia aquele degradê que começava na máquina zero, deixando a cabeça com uma textura gostosinha de passar a mão. Eu sabia que era gostosinha porque uma vez ele praticamente me obrigou a passar a mão ali. *Tô te falando, Júnior! Olha que delícia! Passa a mão na minha cabeça!*

Eu e Cris moramos juntos há uns três anos, e de uns dois para cá eu evito encostar na cabeça gostosinha dele. Quando a gente se conheceu, por meio de uma colega em comum, e decidiu dividir apartamento porque nenhum dos dois tinha dinheiro para bancar um aluguel sozinho num lugar que não fosse um calabouço que o Quinto Andar chama de "studio", acabei me iludindo demais. Porque eu, idiota como sempre, achei que dividir apartamento com ele seria quase um casamento. Meio que é. Tirando a parte de dormir junto, compartilhar objetivos e transar ocasionalmente. Só sobra a parte chata e burocrática.

Na primeira semana, a gente meio que se pegou depois de três garrafas de vinho barato que havíamos comprado para comemorar nossa independência. Daí a gente fez sexo num colchão inflável que ficava na sala porque ainda não tínhamos um sofá. E, apesar da instabilidade da superfície, foi um sexo bom. Beirou o excelente. Mas acho que foi normal para o Cris. Ele sempre lidou com sexo de um jeito diferente. Tão natural, tão descolado. Como algo casual que um homem adulto faz para se divertir sem medo de parecer ridículo. Tipo jogar Beach Tennis, para quem gosta de Beach Tennis. Para o Cris, sexo era como um esporte. Um hobby. Uma vez ele usou a expressão "curtição irada entre vários afetos" enquanto me contava do que, sem dúvidas, era uma suruba.

Nunca consegui ser assim. Acho que por ter sido criado numa cidade superconservadora escutando muita música de Sandy & (meu xará) Junior, cresci achando que sexo pode ser das duas, uma: a porta para a danação eterna ou a coisa mais mágica que pode acontecer na sua vida.

O sexo que fiz com o Cris não foi nenhuma das duas. Foi algo inesperado que me deixou ofegante, confuso e pensando "nossa, preciso tomar um banho urgente". Tipo Beach Tennis.

— Eu não sou metódico. Só estou com preguiça de trabalhar — respondi. — Além do mais, a cada segundo do horário de almoço que a gente perde falando de trabalho, *Ele* vence. — Apontei para o céu, dando ênfase na palavra para ficar claro que era um Ele com "E" maiúsculo. O que é bem difícil de se fazer verbalmente.

— Ele quem? *Deus?*

— O *Sistema*. A mão invisível do mercado que me obriga a abrir um CNPJ para ajudar duas loiras multibilionárias a mostrarem para o mundo que, com força de vontade e muito suco detox, é possível conquistar uma barriga tanquinho — respondi, apontando para a barriga do Cris. Que, por sinal, sempre teve tanquinho. O que só me faz perceber que, talvez, a gente só tenha transado uma única vez não porque temos visões diferentes sobre sexo, mas porque ele é um 9 e eu, com muito esforço, consigo ser um 7,5.

— Olha, Júnior, eu entendo, mas acho *bem difícil* que as Mamães Blogueiras sejam *multibilionárias.*

— É um multibilionarismo metafórico — expliquei.

— Sei que o escritor aqui é você, mas tem certeza de que a palavra "multibilionarismo" existe mesmo?

Eu não tinha. Provavelmente não existia.

— A língua é viva, Cristiano! — respondi com meu argumento padrão para todas as vezes em que eu inventava alguma palavra. — Viva!

Meu celular começou a vibrar e eu estava prestes a ignorar, achando que era o alarme que toca todos os dias mais ou menos depois do almoço para me lembrar de tomar a vitamina D que o nutricionista receitou. Já fazia umas duas semanas que eu não tomava porque o frasco havia acabado, daí usava o alarme como lembrete para *comprar* mais vitamina D, mas, como sempre tocava quando eu estava almoçando, eu só desligava e prometia a mim mesmo que iria comprar no dia seguinte.

Na real, eu sempre esquecia porque, além de não saber a utilidade da vitamina D, eu não conseguia perceber os efeitos práticos daqueles comprimidos no meu corpo. Era algo que eu tomava só para me certificar de que, dentre todos os problemas de saúde que eu poderia ter por causa do meu estilo de vida desleixado e um pouco deprimente, falta de vitamina D não seria um deles.

Mas, para a minha surpresa, não era o alarme tocando. Era minha mãe ligando.

Ela nunca ligava na hora do almoço. Nossas conversas geralmente aconteciam de noite, enquanto ela voltava do trabalho como recepcionista num consultório de fisioterapia no centro da cidade, ou nas manhãs de sábado enquanto ela voltava da aula de pilates que fazia com um grupo de amigas que parecia odiar. Às vezes eu me sentia apenas um artifício para aliviar o tédio que ela sentia no trânsito. Tinha a impressão de que, se ela descobrisse a existência do Mamães Blogueiras Cast, nunca mais me ligaria de novo. Que nossas ligações semanais sobre banalidades não fariam falta nenhuma para ela. E, no fundo, por mais que eu me sentisse um monstro toda vez que pensava assim, não fariam falta para mim também.

— Oi, mãe — atendi, gesticulando para que o Cris abaixasse o volume da televisão.

A gente tinha deixado o algoritmo do YouTube ir exibindo um vídeo atrás do outro porque estávamos com preguiça de tomar decisões e, naquele momento, a TV exibia uma drag queen de peruca lilás fazendo resenha de uma marca nova de cílios postiços.

Nem eu nem Cris usávamos ou entendíamos de cílios postiços. Mas nós adorávamos ouvir drag queens falando sobre qualquer coisa.

— Filho — disse ela com a voz embargada.

Com a qualidade ruim da chamada, não dava para entender se ela estava chorando ou se estava engasgada.

— Mãe? Tá tudo bem?

— Filho — ela repetiu, um pouco mais calma, porém, de alguma forma, muito mais triste. — Vem pra casa.

As três palavras me desarmaram completamente. Mesmo sendo um jovem adulto de quase trinta anos, ouvir minha mãe mandando eu ir para casa me transformava num menino na mesma hora. Um garoto encrencado por ter feito algo de errado. Só que, diferente de todos os outros "vem pra casa" que ouvi durante a adolescência, eu não sabia o que tinha feito de errado.

— Mãe? — chamei mais uma vez, porque ela ficou em silêncio e eu não estava entendendo nada.

— Seu pai… — ela começou.

É engraçado como nosso cérebro consegue trabalhar rápido às vezes. Num intervalo de um segundo, consegui criar umas duzentas variantes para o final daquela frase. No segundo seguinte, fui filtrando as opções e deixando apenas as que faziam sentido com o tom de voz da minha mãe. Meu pai o quê? Traiu minha mãe? Nenhuma novidade. Arrumou briga no bar? Semana sim, semana não. Se meteu num esquema de pirâmide e precisava de dinheiro emprestado para conseguir sair dessa? Não me surpreenderia.

— ... seu pai morreu — ela concluiu.

Eu não esperava essa.

Fiquei sem reação.

Vou ter que cancelar minha festinha de aniversário.

Silêncio. Só o som da minha mãe fungando do outro lado da linha. Minha boca ficou seca.

Que horror pensar numa besteira como meu aniversário. Querer comemorar o dia em que eu nasci quando tem gente morrendo. Meu pai.

— Morreu de quê? — consegui perguntar.

Me arrependi imediatamente. Meu tom saiu errado. Parecia que eu tinha acabado de ouvir uma fofoca pouco intrigante sobre alguém que eu nem conhecia direito. Talvez porque meu pai fosse alguém que eu nem conhecia direito.

— AVC — minha mãe respondeu. — Foi tudo rápido demais. Eu não consegui... — Ela não terminou a frase. Começou a chorar.

É curioso como o som do choro da nossa própria mãe causa um negócio esquisito no peito. Desespero com um pouco de fúria. Vontade de se vingar, sei lá.

— Eu tô indo. Vou comprar a passagem e tô indo. Quem tá aí com você? — perguntei.

— Sua tia tá aqui em casa comigo. Fabrício tá no hospital resolvendo a situação do... corpo.

Fabrício era meu primo. Que eu odiava. E saber que ele estava "resolvendo a situação do corpo" me fez sentir um ciúme sem sentido, porque a última coisa que eu queria naquele momento era estar em Nova Friburgo "resolvendo a situação do corpo" do meu pai.

Mas eu precisava ir.

Porque minha mãe estava chorando.

E ela me mandou ir para casa.

Me despedi todo sem jeito, mandando "beijos". Quem manda "beijos" para uma mulher que acabou de ficar viúva?

— Puta merda — sussurrei depois de encerrar a chamada.

— Eu ouvi — Cris disse. — Ônibus ou avião?

A pergunta dele levou uns três segundos para fazer sentido na minha cabeça.

— Ônibus — respondi, por fim. — Não tenho dinheiro pra passagem de avião tão em cima da hora assim. E se eu pegar o ônibus da madrugada…

— Lotado. O próximo sai amanhã depois do almoço. — Ele já estava com o site da empresa de ônibus aberto no celular.

Puta merda, meu pai morreu.

Eu não sabia o que pensar. Fiquei olhando fixamente para a frente, à espera de que algum sentimento surgisse. Qualquer sentimento. Na TV, a drag queen mostrava com zoom os detalhes dos cílios postiços que tinha acabado de aplicar. Ficaram horríveis nela. Me perguntei se aquele seria um marco na minha vida. Se eu lembraria da morte do meu pai toda vez que visse um cílio postiço horrível. Coisa idiota de se pensar.

— Comprei a passagem — Cris anunciou, me tirando do transe. — Te mandei por e-mail. Depois você me paga.

Por algum motivo, aquele gesto me tranquilizou. Cris nunca foi muito prestativo. Se a linguagem do amor de algumas pessoas era "atos de serviço", a dele era o completo oposto. Atos de desserviço. Sempre deixava tudo espalhado pela casa, esquecia de tirar o lixo, me pedia para resolver problemas que eu não queria resolver. Mas eu fazia essas coisas porque não me custava nada. E também porque, lá no fundo, torcia para que um dia ele decidisse me recompensar por todos os favores e, sei lá, me comesse por pena.

Mas, naquele momento, foi bom ter alguém cuidando dos detalhes práticos para mim enquanto eu tentava processar a informação de que o homem que passou a vida inteira fingindo que eu não existia havia deixado de existir.

Não sei quanto tempo fiquei parado encarando o vazio, sem saber o que pensar. Uns dez minutos? Vinte, talvez. Ao meu lado, Cris acariciava minha perna em silêncio. Acho que ele também não sabia o que fazer em seguida. Nós dividíamos o apartamento, a rotina, as contas. Mas dividir uma bomba daquelas, um sentimento complexo que chegou do nada na hora do almoço num dia de semana, parecia *íntimo* demais.

No meu colo, meu celular vibrou. Por uma fração de segundo, imaginei ser minha mãe de novo. Ligando para avisar que foi tudo uma brincadeira. Um trote que ela precisou passar para ganhar um Pix de cem reais num programa de rádio. Um teste que decidiu fazer comigo só para ver se eu chorava ou não. Se eu sentia ou não.

Olhei para baixo, a tela do aparelho iluminando meu rosto sem cor.

Alarme: TOMAR VITAMINA D!

Ia ter que ficar para outro dia.

AGORA

Ficamos uns dez minutos em silêncio. O tipo de silêncio que só a notícia de que o pai do seu ex-namorado morreu pode provocar. Otávio encara a janela como se a vista da Marginal Tietê fosse a coisa mais interessante do mundo. A tarde nublada típica de junho nesta cidade deixa tudo ainda mais deprimente. O céu está carregado de nuvens cinzentas que são uma mistura de quase-chuva com muita poluição. Olho para o chão porque, na melhor das intenções, cedi meu lugar perfeito na janela para uma mãe desamparada. Que arrependimento. Queria ter negado. Queria ter sido uma pessoa horrível e privado aquela mulher de viajar ao lado daquele Gael remelento. Chego a pensar em me levantar e reivindicar meu lugar, mas só a ideia de sair daqui e ter que me comunicar verbalmente com uma desconhecida me dá calafrios. Melhor ficar sentado e evitar me comunicar verbalmente com o primeiro cara que amei na vida.

— Sinto muito — Otávio finalmente diz, arruinando meu plano de não comunicação.

Não sei o que responder. Porque, sinceramente, será que ele sente muito mesmo? Dentre todas as pessoas que tiveram suas vidas afetadas de alguma forma pelo meu pai, será que *ele* sente muito? É difícil acreditar.

Nem *eu* sinto muito. E quanto mais eu penso no assunto, mais percebo que na real eu sinto bem pouco. Quase nada.

— Obrigado — respondo.

— Ele morreu de quê?

De desgosto, tenho vontade de responder. *Provavelmente o coração dele não aguentava mais carregar tanta macheza e decidiu parar de funcionar.*

— AVC. Foi meio que de repente — digo.

Minha voz sai baixa. Cansada. Eu quase não me reconheço. Não quero continuar falando disso.

— Não precisa falar disso se não quiser — Otávio comenta, mostrando que, mesmo depois de tanto tempo, ainda me conhece um pouco.

A voz dele é delicada e gentil. A voz de alguém que sabe o que está fazendo. De alguém que está viajando de sapatênis para comemorar uma vida, e não para confirmar uma morte.

É o que sinto que estou fazendo neste ônibus. Viajando para confirmar que ele morreu. Só para ter certeza mesmo. Porque apesar do tom tão definitivo no choro da minha mãe, ainda tenho a sensação de que, assim que eu colocar os pés naquela cidade, vou sentir o olhar de julgamento dele em cima de mim. Aquele medo constante de que ele pode aparecer a qualquer momento. Medo que já visitou meus sonhos um milhão de vezes mesmo em São Paulo, a mais de quinhentos quilômetros de distância. Nos pesadelos em que ele aparecia do nada em casa, na *minha* casa, só para ver o que eu estava fazendo. Só para confirmar que eu continuava sendo a vergonha que ele levaria para o túmulo.

E levou.

Deve ter levado.

Se é que morreu mesmo.

A confirmar.

— Não quero — respondo, porque o silêncio do Otávio é do tipo que espera uma resposta. — Na verdade, só queria tentar descansar um pouco. Ouvir música e ficar quieto no meu canto. — Sinto as pernas dele tremendo do meu lado. Não devo mais nada a este cara, mas, ainda assim, sinto que é injusto ser grosseiro com ele. — Tá bom? — acrescento, tentando imitar a gentileza da sua voz. Mas não consigo. Nunca vou conseguir ser gentil como ele.

— Tudo bem. Se precisar, eu estou aqui. Pelas próximas... — Ele olha o celular. — Nove horas?

A risada sai contra a minha vontade.

— Mais ou menos isso.

E é aí que cometo o erro. Eu levanto a cabeça e olho para ele.

Otávio está diferente, é claro. Não é mais o garoto cheio de sardas no rosto e franja loira caindo nos olhos. Ele tem cabelo de adulto agora. O que é bom. Porque homem adulto de franja sempre me dá desespero. Ele ganhou peso, está com os ombros mais largos e percebo alguns pelos escapando pela gola V da camiseta cinza de algodão. Óbvio que ele está com a porra de uma *gola V*. E de óculos. O que é novidade para mim. Mesmo em todas as minhas rondas no Instagram dele, nunca vi Otávio de óculos. Deve ser só para leitura. Ou ele deve ser do tipo que se acha feio de óculos e prefere tirar para as fotos. O que é um absurdo. Porque estes óculos de haste fina e dourada, apoiados perfeitamente no narigão que ostenta no meio do rosto, caem muito bem nele.

Digo "ostenta" e não "tem" porque o nariz de Otávio é bonito. Pra quem gosta, claro. De narizes enormes. E meu erro foi olhar para aquele narigão agora, num momento em que meu estado emocional parece uma máquina de lavar velha centrifugando um tijolo. Em que meu cérebro está desesperado, recalculando rota atrás de rota para tentar processar tudo o que aconteceu nas últimas 24 horas. Um momento em que, sendo bem sincero, estou me sentindo mais sozinho do que nunca.

Otávio não retribui meu olhar. Não por arrogância. Mas por respeito. Ele segue encarando a paisagem deprimente pela janela. Talvez seja melhor do que encarar a paisagem deprimente no banco ao lado (eu!).

Respiro fundo, pego o celular no bolso, abro a caixinha dos fones sem fio e, quando os encaixo nos ouvidos, ouço aquele barulho decepcionante me alertando que estão sem bateria. Um barulho que parece ter sido minuciosamente projetado para dizer *"se fode, otáriooo"* sem emitir nenhuma palavra.

Claro que os fones estão sem bateria. Ninguém pensa "nossa, meu pai morreu, acho que vou colocar meus fones de ouvido para carregar porque nunca se sabe, né?".

Jogo a cabeça para trás e solto um suspiro dramático, como se encarar uma viagem longa sem os fones fosse a pior coisa que poderia acontecer comigo (meio que é).

— Que foi? — Otávio pergunta com mais preocupação do que a situação exige.

— Meu pai morreu — respondo com uma risadinha, porque o tijolo centrifugando na minha cabeça diz que essa é uma piada completamente normal para se fazer. Otávio não ri. Só me encara. — Brincadeira — explico. — Tipo, ele morreu mesmo. Mas, no momento, o problema maior é que meu fone tá sem bateria.

Otávio pisca duas, três vezes. É como se estivesse aos poucos se lembrando do Manual De Instruções Para Lidar Com o Júnior, um livro que, durante a minha vida inteira, só ele teve paciência de ler do começo ao fim.

— Hum… — ele murmura, sacando da lateral do banco uma, juro por deus, pochete. Não dessas pochetes que gays usam em festas e tem um compartimento secreto para esconder MD. Uma pochete *normal*, que (por falta de referência melhor) um *pai* usaria. É marrom e parece de couro. Mas aposto que é de *couro vegano*. O Otávio adulto sentado ao meu lado tem cara de alguém que se recusa moralmente a usar couro animal. — Eu trouxe fones com fio. É sempre bom para viagens.

Ele puxa de dentro da pochete um fone de fio branco que não está encardido nem embolado. O negócio está perfeitamente enrolado e preso com um arame pelo qual ele com certeza pagou caro só porque alguém disse que era um Arame Organizador De Fones.

—Ah, valeu, mas é que…

Não estou com disposição para explicar o contexto e prolongar a situação, então só levanto o celular e aponto para a entrada do meu iPhone que não serve para literalmente nada que não tenha sido fabricado pela Apple.

— Ah, relaxa — diz ele, mas não como quem dá o assunto por encerrado e sim como quem literalmente tira um *adaptador de fone de ouvido que encaixa na bundinha do meu iPhone de botão com a tela trincada e me permite ouvir música durante a viagem.*

— Nossa! — exclamo, surpreso de verdade. — Que preparado!

Ele sorri como quem esperou a vida inteira pelo momento em que carregar aquele monte de bugiganga durante uma viagem valeria a pena.

Pego o adaptador, depois o fone. Conecto tudo no celular e fico encarando a tela enquanto penso no meu próximo passo. Porque seria de uma filhadaputagem absurda da minha parte colocar os fones no ouvido, virar para o lado e fingir que estou dormindo. Principalmente depois de ter sido salvo por um homem narigudo com quem tenho um *passado* e que do nada reapareceu na minha vida e salvou meu dia carregando uma lojinha da 25 de Março inteira dentro da pochete de couro supostamente vegano. Então, na esperança de que ele diga não, sugiro:

— Quer ouvir comigo?

— Quero — ele responde sem nem pensar.

O que é a cara do Otávio. Ele sempre foi direto em relação ao que quer e ao que não quer. Joguinhos emocionais de dizer sim querendo dizer não e vice-versa sempre foram a *minha* especialidade, não a dele.

Encaixo um fone no meu ouvido esquerdo e entrego o outro para ele. O fio tem um tamanho razoável, longo o bastante para que a gente não precise grudar as bochechas, mas curto o suficiente para limitar um pouco meus movimentos. Não posso mais mexer muito a cabeça. Nem me levantar e rodopiar, se der vontade.

— O que vamos ouvir?

— "Pai", do Fábio Jr., no *repeat* até chegarmos em Friburgo — brinco de novo.

Otávio não ri. O que me deixa meio triste, porque, além dos joguinhos emocionais, fazer Otávio rir também era a minha especialidade.

— Júnior... — ele diz meu nome com um tom de sermão e uma pitada de pena. É horrível.

— Tá bom, parei. Vamos ouvir essa aqui, ó. — Mostro a tela do celular e inicio a playlist "Andando De Ônibus e Imaginando Que Estou Em Um Clipe".

Ele quase ri.

— É a sua cara inventar umas playlists assim — Otávio comenta quando "Linger", do The Cranberries, uma música feita para se ouvir andando de ônibus numa tarde nublada, começa a tocar. — Eu nunca fui criativo com essas coisas.

É engraçado pensar que quando a gente namorava não existia playlist do jeito que existe hoje, num aplicativo de celular em que é possível ouvir todas as músicas do mundo a qualquer momento. A gente só baixava música pirata na internet, jogava tudo num tocador de mp3 e escutava na ordem que deus escolhia.

— Nunca mesmo — rebato, mais uma vez com uma acidez disfarçada de humor que não consigo controlar. — Certeza que suas playlists são tipo "Melhores da mpb".

Ele olha para baixo, com o rosto vermelho de quem *de fato* possui a playlist "Melhores da mpb".

— Em minha defesa, eu tenho uma muito boa para ouvir no carro — se defende.

— Que se chama "Para Ouvir No Carro", aposto.

Finalmente ele ri. Não é uma gargalhada. É só uma risadinha sem graça de quem foi pego no flagra fazendo algo errado.

— *Sabia!!!* — exclamo num grito sussurrado, porque não quero chamar a atenção dos outros passageiros, mas também quero esfregar na cara do Otávio o quão previsível ele continua sendo. — E, olha, não vou nem comentar o conflito de classes evidente nas nossas playlists.

— Eu odeio dirigir. Ainda mais em São Paulo. Só dirijo porque sou obrigado — ele responde.

—Ah, claro, porque a Associação Secreta dos Advogados vai tirar sua carteirinha se te pegarem *andando de ônibus.*

Ele ri de novo.

— É Ordem dos Advogados do Brasil.

— Oi?

—A instituição que dá as carteirinhas para os advogados — ele explica. — OAB.

— Ah — sussurro, meio incrédulo. — Isso é uma coisa que... existe? Tipo... eu tava jurando que tinha acabado de inventar o conceito de carteirinha de advogado.

Otávio balança a cabeça e fecha os olhos.

— Só você, Júnior... só você.

Fico quieto e deixo ele acreditar que eu estava brincando.

Ele também fica quieto, mas, desta vez, não é um silêncio de Descobri Que Seu Pai Morreu E Não Sei O Que Dizer. É um silêncio estranho, mas confortável. Como encontrar uma cueca velha esquecida no fundo da gaveta e pensar *"nossa, como eu gostava dessa cueca! Ela segurava minhas bolas de um jeito bem confortável e nunca ficava enrolando no meio das pernas, mas aí o elástico começou a ficar frouxo e eu nunca mais usei",* e então, só porque não tem ninguém olhando e você está cansado porque são duas da tarde de um feriado de Dia do Trabalhador e tudo o que você fez até agora foi uma faxina meia-boca e uma pausa para esquentar comida de ontem, você *veste* a cueca velha para ver se ainda consegue dar algum uso a ela ou se pode jogar no lixo. E, para a sua surpresa, você engordou um pouco nos últimos anos e o elástico frouxo agora encaixa perfeitamente.

Talvez essa seja a maior volta que alguém já deu para tentar descrever um silêncio confortável. Dá vontade de contar que eu estava aqui quietinho comparando a companhia dele com uma cueca velha. Só para ver se consigo arrancar mais uma risadinha desse cara.

Mas quando olho para o lado, o encontro de olhos fechados, balançando a cabeça de leve no ritmo da música.

Faço o mesmo. Relaxo os ombros, fechos os olhos e tento descansar.

MAIS OU MENOS TREZE ANOS E MEIO ANTES, NO DIA DO MEU PRIMEIRO ENCONTRO COM OTÁVIO

— **Vermelha ou preta?** — perguntei, tirando duas cuecas da gaveta e mostrando para Larissa.

Como eu disse, Larissa era minha melhor amiga do colégio. Hoje em dia eu não sei muito bem como ela está, o que tem feito ou se ela é feliz de verdade. Mas, durante os três anos em que fizemos o ensino médio no mesmo colégio estadual, Larissa foi meu mundo. Contávamos tudo um para o outro. Ela foi a primeira pessoa para quem eu me assumi. Ela me abraçou muito forte e disse como estava feliz de ter mais um irmão gay. Porque ela já tinha um. O irmão biológico que havia saído de Friburgo para estudar moda na Espanha e, anos depois, conforme descobri por acaso no Instagram, se casou com um velho ricaço e ganhou um iate de aniversário. Fiquei genuinamente feliz por ele, pois adoro ver gays vencendo.

— Júnior, que diferença faz a cueca que você vai usar? Vocês vão numa *sorveteria* — Larissa disse, jogada na minha cama e folheando uma revista Capricho.

— Eu sei lá. Vai que depois da sorveteria a gente decide... sei lá. — Eu realmente não sabia.

Era meu primeiro encontro com um garoto e minha experiência era praticamente nula. Eu sempre corria para a Larissa em busca de conselhos porque, apesar de também nunca ter namorado, ela falava com mais propriedade sobre relacionamentos num geral. Talvez por estar sempre lendo a revista Capricho.

— Calma. Pensa direito. O que você *quer* fazer com o garoto do Facebook? — ela perguntou, fechando a revista e se sentando de pernas cruzadas.

Larissa era ainda mais alta que eu e muito magra. Seu cabelo longo e comprido era ruivo de mentira. A mãe deixava ela pintar. Sempre senti um pouco de inveja disso. Não porque eu queria ser ruivo de mentira. Mas porque, se eu quisesse, meu pai jamais deixaria. Naquele dia, seu cabelo estava amarrado num rabo de cavalo alto, e ela usava uma blusa azul-clara dessas com mangas bufantes. Lembro deste detalhe especificamente porque era da mesma cor que o sorvete azul que eu tomaria mais tarde.

— O nome dele é *Otávio* — rebati, na defensiva. Nunca tinha visto Otávio pessoalmente, mas já sentia a necessidade de defendê-lo da atrocidade que era ser chamado de "garoto do Facebook". — E eu não quero fazer nada. A gente vai só se conhecer. Tomar um sorvete. Ver o que rola.

— Ah, sim, porque dá pra *rolar* muita coisa na sorveteria do lado do shopping mesmo — ela respondeu, mexendo as sobrancelhas para cima e para baixo de um jeito engraçado que eu não conseguia fazer.

Eu ri, mas no fundo fiquei magoado. Larissa não falava por mal, mas acho que ela não se dava conta de como doía saber que *comigo* não poderia rolar nada na sorveteria, mas com ela sim. No dia em que ela decidisse levar um cara para tomar sorvete, no caso.

— Mas é meu primeiro encontro da vida — argumentei, ainda segurando as duas cuecas. — Quero estar vestido à altura, sabe?

Percebendo que aquilo era importante para mim, Larissa levou o dedo indicador ao queixo e analisou as duas cores.

— Vermelha. É mais sexy — disse, por fim, fazendo o negócio das sobrancelhas de novo.

— Mas a preta é mais confortável — ponderei.

— Então vai com a preta, ué.

— Tem certeza?

— É uma *cueca*, Júnior! Você quer que eu te dê permissão para usar a cueca que você quer para encontrar o garoto do Facebook?

Era triste, mas eu queria. Fiz beicinho e olhei para ela com cara de coitado. Ela entendeu a dica.

— Nossa, amigo. Acho que a preta é a *melhor* escolha. É séria. Misteriosa. Tem esse elástico *grosso*. Conquistaria qualquer garoto em qualquer sorveteria do mundo. E tem mais: é confortável!

Ri de verdade.

— Não precisa forçar também, vai.

— Não sei o que você quer de mim! — ela disse, soltando um suspiro dramático e se jogando na cama de novo.

— Agora eu quero que você espere lá na sala pra eu me vestir rapidão — falei.

— Ai, Júnior, pelo amor de deus! Eu viro de costas.

Além de toda a coisa da liberdade para ser ruiva de mentira, a família da Larissa também tinha uma relação diferente com nudez. Toda vez que eu ia para a casa dela depois da aula, ela parava na porta da cozinha e gritava *"mãe, pai! O Júnior tá aqui! Tá todo mundo vestido?"*

No começo, achei que era só brincadeira. Mas, com o passar do tempo, percebi que era uma brincadeira boba demais para ser repetida *toda vez*. Tinha que ter um fundinho de verdade.

— Leva sua revista e me espera lá na sala. Pega uma caneta ali na mesa pra fazer o teste de qual cor de batom combina melhor com o seu signo, sei lá.

Ela bufou, levantou da cama e pegou a revista.

— Às vezes eu acho que você não tem a menor ideia de como a Capricho é uma revista sobre assuntos *sérios* e *feministas*.

Ela saiu batendo o pé.

Olhei o relógio. Eu não estava atrasado, mas estava ansioso, e ansiedade fazia com que eu me *sentisse* atrasado. Ainda indeciso, encarei as duas cuecas. Larissa tinha razão. E, apesar de saber que Otávio não iria pedir para ver minha cueca no meio da sorveteria, escolhi a vermelha para que, caso ele pedisse, eu estivesse preparado. E sexy.

Por cima, vesti uma calça jeans azul-clara e uma camisa de botão xadrez que eu só usava em ocasiões especiais. Na verdade, só havia usado no aniversário do meu primo Fabrício no fim do ano anterior, o que nem tinha sido uma ocasião especial, considerando que eu odiava o meu primo

Fabrício. Mas decidi *naquele dia* que seria minha camisa de ocasiões especiais porque nenhuma ocasião poderia ser mais especial do que meu primeiro encontro com o primeiro garoto que conheci na internet que era de fato interessante, não morava em outro estado e não parecia ser um velho pervertido usando fotos de outra pessoa para me sequestrar. Otávio parecia de verdade. E eu estava prestes a descobrir se estava certo.

Passei perfume. Ajeitei o cabelo no espelho e fui encontrar Larissa na sala.

Quase tropecei no tapete quando encontrei meu pai conversando com ela.

Apesar de infelizmente morarmos na mesma casa, encontrar meu pai sempre me dava calafrios. Ele trabalhava com tudo e com nada ao mesmo tempo. Sempre estava em algum emprego temporário, ou ajudando algum colega de bar em troca de dinheiro. Não havia rotina para o meu pai. E, de certa forma, a presença dele sempre intoxicava o ar. Era mais difícil respirar quando ele estava por perto.

Sentada no sofá, Larissa parecia desconfortável, toda encolhida como se quisesse sumir. Seu rosto se encheu de alívio ao me ver.

— Lá vem ele! — ela exclamou, se levantando num pulo e caminhando na direção da porta. — Vamos, Júnior?

— Vamos — respondi, olhando para ela e fazendo o máximo para ignorar a presença do meu pai.

Era difícil, porque ele era bem alto, bruto e, bom, a sala era pequena pra caramba.

— João Paulo Júnior. — Ele me chamou como só ele chamava. — Estão indo pra onde?

Enquanto esperava perto da porta, encarei Larissa e tivemos uma breve conversa por olhar, daquelas que só melhores amigos conseguem ter.

— Tomar um sorvete — respondi, falando a verdade, mas não *toda* a verdade.

— *Como eu disse* — Larissa murmurou.

— Vem cá. — Meu pai bufou, estendendo as mãos na minha direção, mas sem olhar diretamente para mim.

É ridículo como por um segundo eu achei que ele fosse me abraçar. Na vida fictícia que eu imaginava para mim, ele colocaria uma nota de dez reais no meu bolso, daria um beijo no meu rosto e falaria *"divirta-se, filho"*.

Ele me puxou pela gola da camisa como um troglodita e fechou um dos botões.

— Fecha essa camisa direito. Não vai sair com a camisa arreganhada feito bicha.

Deixei que ele fechasse o botão e não reagi. Para ser bem sincero, a parte do *bicha* não me afetava mais. A palavra fazia parte do vocabulário do meu pai desde que eu me entendia por gente. E eu não levava para o lado pessoal porque, para ele, todo mundo era bicha. O juiz de qualquer partida de futebol, o vizinho que tinha trocado de carro, o garçom que certa vez disse "por gentileza" ao nos atender num restaurante. *Por gentileza? Só bicha fala assim.*

Não ser a única bicha da vida do meu pai me dava uma sensação estranha de que eu não estava sozinho.

— Tchau — murmurei, abrindo a porta para Larissa e saindo logo atrás dela.

Depois que saímos do elevador do prédio e deixamos o campo de visão da janela da sala, Larissa cerrou os punhos com raiva e começou a andar pisando forte, como se odiasse a calçada.

— Olha, com todo o respeito — disse. — Mas seu pai é um escroto.

— É o jeito dele — respondi, parecendo a minha mãe.

— Eu não ligo.

Era mentira. Eu ligava horrores. Queria um pai que me beijasse no rosto e me desse dez reais para gastar na sorveteria. Mas aquele pai não existia.

— E qual é a implicância dele com o botão da sua camisa? Que diferença faz? Mal sabe ele que você poderia estar saindo de casa com a porra de uma *camisa de futebol*, e continuaria sendo... — Ela hesitou.

— Pode falar. Só dessa vez. Te dou permissão.

— *Bicha* — ela cospe a palavra.

— Já passou. Não liga para ele. Não vale a pena — respondi, mais para mim do que para Larissa.

— E pode ir abrindo esse botão de novo. Eu reparei que você deixou aberto para mostrar a meia dúzia de pelos no seu peito — ela zomba.

— Ficou ridículo?

— *Amigo*, não! Ficou sexy! É bom pra compensar toda a sensualidade que você perdeu por não escolher a cueca vermelha.

— Eu acabei escolhendo a vermelha — sussurrei, envergonhado.

— *Safadinho!* — ela gritou. — Pode não parecer, mas estou muito orgulhosa de você, sabia? Todo grandinho indo em busca do amor.

A palavra amor me dava arrepios do tipo ruim.

— Ele é só um garoto do Facebook — respondi.

— Aham, sei — ela disse, dando uma cutucada na minha costela conforme chegávamos perto da esquina do quarteirão. — Tem certeza de que não quer que eu vá com você, só por garantia?

— Tenho. Eu sei me cuidar sozinho — menti.

Eu não sabia. Estava morrendo de medo de ser sequestrado. Mas, se Otávio fosse mesmo quem ele dizia ser na internet, eu não queria que ele me visse chegando com minha melhor amiga de guarda-costas.

Queria ser visto chegando em câmera lenta, de cabelos ao vento, com a camisa aberta um botão além do limite que separa homens de bichas só para poder mostrar com orgulho a meia dúzia de pelos no meu peito.

— Jura que vai correndo lá para casa se alguma coisa der errado? — ela perguntou.

Larissa morava perto da sorveteria do lado do shopping.

— Juro. Já manda seus pais vestirem uma roupa só por precaução, então — brinquei.

— Pode deixar — ela respondeu, séria, como se aquele fosse um pedido normal e super-razoável. — Boa sorte.

Acho importante explicar que, embora Larissa chamasse o Otávio de "garoto do Facebook", a gente não se conheceu no Facebook. Inventei para Larissa que nós dois fomos parar por acidente num grupo de estudo para o vestibular só com alunos da cidade. Como se eu tivesse qualquer interesse em *estudar* em grupo.

A verdade é que eu e Otávio nos conhecemos num site de bate-papo cheio de salas temáticas feitas para encontrar pessoas com interesses similares e que, sendo bem sincero, noventa por cento dos usuários só usava para buscar sexo virtual ou real. Eu sabia que nunca teria coragem de marcar uma transa com alguém do bate-papo. Não tinha a menor vontade de perder a virgindade com um cara qualquer chamado SigilosoProcuraHxH. Mas havia uma certa emoção em entrar na sala, filtrar por cidade e observar as conversas anônimas acontecendo. Eu sempre usava o apelido CaraLegal16 e passava as madrugadas no computador da sala de casa ignorando caras esquisitos que puxavam assuntos mais esquisitos ainda.

Até que, numa noite qualquer, recebi uma mensagem do Beethoven16. A conversa fluiu bem. Foi só depois disso que nos adicionamos no Facebook. Passamos quase um mês inteiro conversando, trocando fotos para provarmos um ao outro que éramos adolescentes de verdade e não sequestradores mal-intencionados. Até decidirmos em consenso que valia a pena marcar um primeiro encontro. Num lugar público, na frente de um monte de gente, onde nada de ruim poderia acontecer. Porque ninguém realiza um *sequestro* numa sorveteria.

Menti para Larissa porque ela havia ficado toda paranoica com essa coisa de encontrar desconhecidos da internet na vida real depois de ter lido uma matéria alarmante na Capricho ou algo assim. E a paranoia dela acabaria só *me* deixando paranoico. Seria um ciclo sem fim.

Mas enquanto caminhava pela calçada a caminho da sorveteria, eu sentia medo. Sendo sincero, nunca passou pela minha cabeça a possibilidade do Otávio não ser o Otávio. Eu estava seguro de que ele era um garoto real, e de que tudo o que tínhamos conversado na internet era verdadeiro; seu interesse por música, suas aulas de piano, sua coleção de CDs, seu sonho de sair de Friburgo para estudar direito em São Paulo. Eu acreditava em tudo. No fundo, meu maior medo era ele não aparecer. Decidir que não valia a pena correr qualquer risco por mim. Ou *pior*, aparecer e descobrir que o CaraLegal16 da internet era um CaraHorroroso16 da vida real.

Eu não sabia como me *portar* num encontro. Minha experiência em paquerar outros garotos era zero. Tudo o que sabia sobre romance, tinha aprendido em filmes a que eu assistia com a Larissa em que todo mundo era hétero. Estava prestes a encontrar um garoto bonito (nas fotos) e interessante (nas mensagens) e ficar tipo "oi, esse sou eu, por favor analise minha aparência e minha personalidade e decida se vale a pena ou não investir seu tempo e sua atenção em mim".

Eu estava apavorado.

Tínhamos marcado às três e meia e eu estava dez minutos adiantado. Não sabia se entrava e esperava numa mesa, ou se ficava parado na porta. Dei uma volta inteira no quarteirão para ver se a hora passava. Levei dois minutos e meio para concluir esse trajeto. Decidi ir de novo, um pouco mais devagar. E depois uma terceira vez, só para garantir. Eu já estava começando a suar, e a calça jeans tinha sido uma péssima escolha para o calor de dezembro.

Quando estava quase finalizando a terceira volta e planejando pedir um guardanapo na sorveteria para secar o suor da testa, ouvi a voz dele pela primeira vez.

— Júnior?

Era a voz mais bonita do mundo.

Me virei bruscamente para procurar a origem daquele timbre e dei de cara com o Otávio, a poucos centímetros do meu rosto e quase tropeçando em cima de mim assim como nos primeiros encontros das comédias românticas em que todo mundo é hétero.

— *Oitávio* — falei, querendo dar oi e dizer o nome dele, e embolando tudo numa palavra só.

Ele riu de maneira desproporcional.

— Oi, Otávio — corrigi, balançando a cabeça ao fim de cada palavra. Respirei fundo e recuei um passo para restabelecer a distância normal que dois garotos deviam manter na frente de uma sorveteria. — Prazer.

Depois de me recompor, consegui olhar para Otávio de cima a baixo. Ele estava lindo, mas sem parecer alguém que se esforça para ficar lindo. Dava para ver que não tinha ficado meia hora debatendo com uma amiga sobre qual cor de cueca usar. Otávio vestia uma calça preta e uma camisa de algodão cinza. As mangas da camisa estavam dobradas, e o tecido apertava aqueles braços. Sobre os ombros, carregava uma bolsa transversal caramelo, e a alça que passava pelo corpo fazia o peitoral parecer forte. Depois de observar por uns cinco segundos, decidi que nada ali era ilusão de ótica. Otávio era *de fato* um garoto forte, e aquilo me deixava animado e desesperado ao mesmo tempo.

Eu precisava fazer alguma coisa, porque já estava ficando esquisito demais.

Estendi a mão como se aquela fosse uma reunião de negócios e não um primeiro encontro. Otávio percebeu minha apreensão e ajustou a postura. Ele estendeu a mão e nós nos tocamos pela primeira vez. Não foi como nos filmes. Um toque que solta fagulhas elétricas e indica conexão imediata. Mas foi memorável. Porque minha mão estava suada e a dele era mais áspera do que eu imaginava. Não sei o que eu esperava (mãos macias, talvez?), porém nunca esqueci a sensação de perceber os calos na mão do Otávio pela primeira vez.

— Você quer... tomar um sorvete? — ele perguntou.

Assenti, porque minha garganta ficou seca do nada e eu tive medo da minha voz sair meio esganiçada.

Pedi o sorvete azul que, naquela sorveteria específica, se chamava Pedacinho de Céu, mas eu já tinha visto como sabor Chiclete em outros lugares. Era minha escolha de sempre por ser o sabor mais doce já inventado, e eu amava a sensação do açúcar gelado derretendo na minha língua e subindo direto até o cérebro para avisar aos hormônios da felicidade que era hora de trabalhar.

Otávio pediu sorvete de limão e eu julguei silenciosamente porque não entendia o conceito de pedir uma sobremesa que não fosse doce.

Era um sábado de sol e, numa cidade pacata como Nova Friburgo, obviamente a sorveteria ao lado do shopping estava lotada. Subimos para o segundo andar, onde havia um monte de mesas espalhadas e um cantinho de recreação infantil com a piscina de bolinhas mais imunda do mundo. Por sorte, achamos uma mesa para dois nos fundos, ao lado do banheiro, e nos acomodamos. Não era o lugar romântico onde eu sempre imaginei que meu primeiro encontro com outro garoto seria (por algum motivo, sempre imaginei esse momento acontecendo em um zoológico, o que também não é o lugar mais romântico de todos), mas iria servir.

— Escolha... interessante — Otávio comentou, apontando para o sorvete azul que já começava a escorrer pela casquinha enquanto segurava o riso.

— Eu decidi passar meu sábado com *você*, então nem vem criticar minhas escolhas, tá? — Nem sei de onde tirei a resposta, mas Otávio riu.

Ele riu! Ele gostava de mim! Duas lambidas no sorvete de Pedacinho do Céu e meus hormônios da felicidade já estavam trabalhando a todo vapor.

— Agora você me pegou. — Ele ficou corado. Eu também. Dava para sentir meu rosto ardendo.

Nós dois ficamos em silêncio por alguns instantes. Tomando sorvete, olhando um para o outro, ouvindo o barulho da sorveteria movimentada. Crianças gritando, pais e mães gritando para as crianças pararem de gritar. Outros adolescentes gargalhando de piadas que provavelmente nem eram tão engraçadas assim. E nós dois. Dois garotos que, pela internet, conversavam por horas sobre todos os assuntos do mundo, mas, pessoalmente, não sabiam por onde começar.

Aproveitei o silêncio para observar Otávio com mais atenção. Ele não era tão diferente das fotos. Só mais... tridimensional? Maior. Não mais alto do que eu, porém mais imponente. O tipo de pessoa que chega num lugar e todos pensam "agora sim! Ele chegou". O que me deixava um pouco inseguro, já que eu me considerava o tipo de pessoa que chega num lugar e todos pensam "ah, não! Ele chegou".

— Alguém sabe que você está aqui? — ele perguntou, quebrando o silêncio. Eu ri. Tudo me fazia rir naquele dia. Mas Otávio pareceu não gostar da risada. Sua expressão ficou séria. — Que foi?

— Nada, nada, nada não — repeti três vezes muito rápido porque não queria que ele achasse que tinha feito algo de errado. — É só que, do jeito como você falou, parece que estamos naqueles filmes de espionagem e você vai passar uma maleta cheia de dinheiro pra mim por baixo da mesa.

Ele sorriu.

— Ah, sim. Sinto em decepcionar, mas não tem nenhuma maleta de dinheiro aqui.

No movimento mais sutil do universo, ele estendeu a mão por baixo da mesa, tocou minha perna bem rapidinho e depois se afastou.

Quase tive um treco.

— Falei para os meus pais que ia para um grupo de estudo com uns colegas de classe — ele continuou, percebendo que eu tinha ficado completamente sem palavras. — A desculpa do grupo de estudo sempre funciona com eles.

O sorvete de limão do Otávio já estava derretendo. Uma gota azeda escorreu pelo dedo indicador, e rapidamente ele enfiou o dedo na boca e lambeu. Quase tive *outro* treco.

— Minha amiga — respondi, com o rosto ainda em chamas. — Larissa. Ela sabe que eu vim te ver.

— Nossa! Ela sabe *sabe*? Tipo, de mim?

O jeito como ele perguntou não demonstrava medo ou preocupação. Otávio pareceu feliz ao descobrir que era importante o bastante na minha vida para que outra pessoa soubesse da sua existência. Mal sabia ele que, se pudesse, eu subiria naquela mesa e gritaria para a sorveteria inteira que João Paulo Batista Júnior estava tendo seu primeiro encontro com um garoto. E que o garoto era bonito! E sabia tocar piano!!!

— Ela sabe mais ou menos. Eu disse que a gente se conheceu num grupo do Facebook, porque, se contasse a verdade, ela ia achar que eu estava marcando um encontro com um sequestrador — expliquei. — Mas ela sabe *sabe*. — Dei ênfase na última palavra entortando a cabeça para o lado do jeito que gays fazem para comunicar a outros gays que alguém sabe *sabe*.

— Eu também fiquei com medo — ele confessou. — De você ser um sequestrador e tal.

— Tarde demais — eu disse, com uma voz de vilão de desenho animado. — Passa a maleta com o dinheiro.

No movimento menos sutil do universo, fiz uma arminha com o dedo e cutuquei o joelho dele por baixo da mesa. Ele deu um pulo. Devo ter apertado aquele ponto específico do joelho que faz a gente pular.

— Desculpa — falei, meio afobado.

— Tudo bem — Otávio respondeu. — Eu não estava preparado, só isso. — Ele sorriu. Eu sorri de volta. Dois bobos sorrindo um para o outro como se o mundo fosse um lugar justo onde tudo dá certo o tempo todo. — Mas, olha, agora que já deixamos claro que não somos sequestradores, acho que a gente precisa inventar uma história melhor para nós dois, sabe?

— Como assim?

— Imagina a gente daqui a trinta anos — ele começou. Eu mordi o lábio inferior para segurar a risada. — Que foi?

— Nada. Supernormal a frase "imagina a gente daqui a trinta anos" em menos de meia hora do primeiro encontro.

Tentei fingir que aquela era uma proposta absurda, mas, no fundo, tudo o que eu mais queria era me imaginar dali trinta anos com Otávio. Acho que ele sabia disso, porque não se deixou abalar pelo meu comentário.

— Sério. Só imagina. A gente tendo que contar para os nossos netos que nos conhecemos num bate-papo on-line cheio de gays tristes e pervertidos nessa cidade deprimente.

— Que futuro é esse em que a gente já tem *netos* antes dos cinquenta? — perguntei.

MAIS ou MENOS 9 HORAS　**63**

— Tá bom. Tem razão. Imagina a gente contando isso para os nossos... cachorros?

— Gatos.

— Gatos! — Ele deu uma mordida na casquinha do sorvete e continuou a falar enquanto mastigava. — Eu não quero uma história de como a gente se conheceu sem graça assim. Precisamos inventar outra.

— Já sei — falei, entrando na brincadeira dele. — Você tem uma caneta?

— Tenho — ele respondeu, puxando a bolsa transversal caramelo que estava pendurada na cadeira e tirando uma caneta Bic preta lá de dentro. — A coisa toda do grupo de estudo precisava ser convincente. Eu trouxe todo o meu material do colégio.

Dei a última mordida na casquinha do meu sorvete azul e, sem perder tempo, peguei a caneta, um guardanapo na mesa e me levantei.

— Já volto.

Entrei correndo no banheiro, apoiei o guardanapo na parede e anotei meu e-mail. Embaixo, desenhei um coração que ficou meio feio, então tentei melhorar desenhando uns brilhinhos em volta. Ficou mais feio ainda. Mas teria que servir.

Saí do banheiro desfilando devagar e voltei lentamente na direção da nossa mesa. Otávio me esperava com um misto de confusão e empolgação, feito uma criança que sabe que vai ganhar um presente de Natal, mas não sabe se vai ser um Max Steel ou um par de meias.

— Olá, rapaz desconhecido que eu nunca vi na vida — falei. — Posso me sentar?

— Claro, completo estranho. Essa abordagem é muito convincente e nem um pouco esquisita. — Ele entrou na minha brincadeira com a mesma facilidade com que eu tinha entrado na dele. Era tão fácil existir ao lado do Otávio.

Puxei a cadeira e me sentei, apoiando os cotovelos sobre a mesa e deslizando o guardanapo na direção do garoto.

— Eu estava ali no canto tomando um delicioso sorvete sabor Pedacinho do Céu e não consegui tirar os olhos desse outro pedacinho do céu aqui — falei, me esforçando ao máximo para não começar a rir. Otávio parecia estar segurando o riso também. — E pensei que daqui a trinta anos eu provavelmente me arrependeria se não te passasse o meu contato pra gente, sei lá, se conhecer melhor.

Otávio respirou fundo, tentando entrar no personagem.

— Que coincidência do destino! — disse, numa atuação perfeita de quem de fato parecia surpreso. — Porque eu estava aqui sozinho nesta mesa tomando um sorvete feito para pessoas que têm o paladar refinado e pensando em como poderia fazer para chamar a atenção de um garoto destemido como você que não tem vergonha de ficar com a língua azul na frente de todo mundo.

Mostrei a língua para ele de um jeito sedutor e nem um pouco imaturo.

— Bom, agora você tem meu contato, e poderemos continuar conversando depois desse encontro casual e inesperado numa sorveteria lotada onde nenhum de nós esperava encontrar o amor das nossas vidas.

Otávio saiu do personagem e arregalou os olhos. Só então me dei conta da besteira que eu tinha falado.

Fiquei em silêncio esperando uma reação. Qualquer reação.

— Que fique claro — Otávio disse, pegando o guardanapo com um sorriso que me acalmou quase que de imediato — que, apesar de eu já estar pensando nos nossos próximos trinta anos, foi você quem falou de amor primeiro.

Abaixei a cabeça e encarei minhas mãos. Senti vontade de roer as unhas, e eu nunca fui de roer as unhas.

— Relaxa — Otávio disse, percebendo que eu estava sem jeito. — Eu também sou meio emocionado às vezes. Estamos juntos nessa.

— Juntos *juntos*? — perguntei, com a mesma ênfase de antes para que ele soubesse *soubesse* o que eu estava perguntando.

— Juntos *juntos*.

Finalmente levantei a cabeça. Otávio estava sorrindo para mim. Um sorriso que eu tinha certeza de que nunca cansaria de ver.

— Queria te beijar agora — sussurrei. Ao fundo, uma criança começou a chorar, me lembrando de onde estávamos. — Mas, tipo, não dá.

— Eu estou te beijando mentalmente agora — ele sussurrou de volta.

Beijar mentalmente numa sorveteria lotada era tão ridículo. Tão injusto. Mas, naquele momento, serviu. Teríamos muitas outras oportunidades para nos beijarmos sem medo.

Sem avisar, Otávio passou a mão por debaixo da mesa e tocou meu joelho mais uma vez. Repousei a minha mão sobre a dele e ficamos assim por quase um minuto inteiro.

— O que é isso aqui? — ele perguntou, apontando com a mão livre para o coração feio que eu tinha desenhado no guardanapo. — Um caminhão?

— Era pra ser um coração, Otávio.

Ele soltou uma risadinha pela bilionésima vez naquela tarde.

— Que fofo. Eu amei.

AGORA

Por uma hora e 23 minutos, nós dois aproveitamos a música em silêncio, cada um olhando para um lado. Sei disso porque minha playlist para ouvir no ônibus tem uma hora e 23 minutos. Ocasionalmente, Otávio faz um comentário ou outro sobre alguma música. Revira os olhos quando alguma canção da Disney começa porque, apesar de ser literalmente um músico treinado, Otávio nunca gostou de filmes em que os personagens começam a cantar do nada. Quando a última música termina, aproveito a deixa para tirar o fone do ouvido e mexer um pouco o pescoço, que estava travado na mesma posição desconfortável esse tempo todo enquanto eu conscientemente me esforçava para não encostar meu braço no dele. Otávio também estica o tronco e parece aliviado por poder se mexer.

Sem a música para me distrair, fecho os olhos e respiro fundo, escutando apenas o barulho do motor do ônibus e das gotas pesadas de chuva batendo na janela. A calmaria dura dois segundos, porque uma criança atravessa o corredor apertado a passos largos até chegar no banheiro e escancarar a porta, soltando um grito de emoção como se aquele fosse um dos lugares mais legais do mundo.

É Gael, o menino para quem cedi meu lugar.

Tento não deixar o velho ranzinza que mora dentro de mim acordar e penso que, quando se é criança, banheiros compactos dentro de um ônibus são mesmo um dos lugares mais legais do mundo. Ele bate a porta com força e Otávio segura o riso, provavelmente tentando conter o velho ranzinza que mora dentro dele também.

— Sabe o que é engraçado? — pergunta.

— Hum?

— Nosso primeiro encontro — ele diz, quase sussurrando. — A gente também ficou do lado do banheiro. Lembra?

— Foi? — pergunto, me fazendo de idiota.

Por algum motivo não quero que ele saiba que eu me lembro de cada segundo daquele dia.

— Foi. Daí você se levantou e entrou no banheiro para anotar seu e-mail num guardanapo. Para o encontro ficar com cara de acaso do destino.

— Ah… — Levo o dedo indicador ao queixo e balanço a cabeça, oferecendo uma atuação de quinta categoria. — Lembrei.

— Você sempre teve essa mania, né? De querer roteirizar a vida. Deixar tudo com cara de filme.

Me sinto exposto porque, sim, eu sempre tive essa mania. Comprovei anos depois na psicanálise que isso era só um mecanismo que me dá a falsa sensação de controle. E um pouquinho de compensação por eu nunca ter me tornado roteirista de verdade e estar desperdiçando minha habilidade com escrita em um podcast para mulheres ricas de meia-idade. Até que eu estava indo fundo nessas questões, mas abandonei a psicanálise ano passado. Dá trabalho demais se conhecer, e na maioria das vezes nem vale a pena.

Queria fazer a psicanálise invertida. Me *desconhecer*. Esquecer tudo o que sei sobre mim e virar uma pessoa sem nenhuma bagagem emocional, pronto para começar tudo do zero.

— Sabe o que *também* é engraçado? — pergunto.

— Hum?

De dentro do banheiro, Gael termina o que estava fazendo. O barulho da descarga da privada do ônibus se assemelha a uma alma sendo sugada para as profundezas do inferno. Por meio segundo penso no meu pai, que morreu. Se inferno existe mesmo, será que ele está lá agora?

— Esse garoto. — Aponto com a cabeça para Gael quando ele abre a porta violentamente e volta correndo para a mãe. — Ele estava no meu lugar. A mãe comprou poltronas separadas pra viajar com o filho e me pediu para trocar. Foi por isso que eu vim parar aqui no fundo. Do lado… — *Do meu ex.* — Do banheiro.

— Nossa, sério? — Otávio parece genuinamente empolgado com a informação. — Coisa de roteiro de filme. E você nem precisou manipular nada dessa vez.

O "dessa vez" me pega. Porque parece que fui assim das outras vezes. Manipulador. E tenho certeza de que não fui. Não com Otávio. Para ser sincero, ele costumava tirar sempre o melhor de mim. Até tudo acabar. Daí eu apodreci como ser humano. Desconfiado, carente, mentiroso. Manipulador dia sim, dia não.

— Até parece que eu iria manipular uma situação só pra perder meu lugarzinho favorito na poltrona dezenove. Sentado na janela. Com espaço a mais pras minhas pernas…

Olho para baixo. Meus joelhos dobrados encostam na poltrona da frente. A esta altura eu nem sinto mais nada. Está tudo dormente.

Otávio também olha para os meus joelhos. O que é meio esquisito. Queria saber o que ele está pensando. O que ele acha dos meus joelhos. Se sente saudade deles. Ou de mim. Porque ninguém normal sente saudades de joelhos especificamente.

— Você quer... — Ele parece meio sem jeito. — Trocar?

— Oi?

— De lugar. Quer sentar na janela? Eu realmente não ligo.

Paro e penso. Eu também não ligo. Não muito. Gosto da janela porque ela me distrai. É uma TV gratuita com a programação mais entediante de todas. Estrada, mato, montanha e posto de gasolina. Abro a boca para dizer que não precisa, mas, antes que qualquer palavra possa sair da minha boca, penso mais um pouco.

Eu quero, sim. Quero sentar na janela. Quero ter a sensação de que alguma coisa saiu como eu planejava na semana em que tive que cancelar meu aniversário de trinta anos porque meu pai fez o favor de escolher justo agora para morrer. Seu último presentinho antes de ir embora. Atrapalhando meus planos até o último instante.

— Quero — respondo, por fim. — Seria muito gentil da sua parte.

Otávio para de encarar meus joelhos e me olha nos olhos. Depois, olha para os meus joelhos de novo. É só quando ele desafivela o cinto de segurança que percebo que está esperando eu me levantar para podermos trocar de poltrona.

O processo é meio sem jeito porque o ônibus balança e minhas pernas estão dormentes. Mas quando finalmente ocupo o lugar na janela e encosto a cabeça no vidro, sentindo o zumbido da chuva abafando meus pensamentos emaranhados, percebo como eu precisava disso. Da falsa sensação de que alguma coisa está sob o meu controle. Meu ex-psicanalista ficaria furioso (mas eu não perceberia, porque ele não demonstrava emoções).

— Melhor assim? — Otávio pergunta, afivelando o cinto em sua nova poltrona.

— Sim — respondo, me aninhando no lugar e olhando pela janela.

Estrada, mato, montanha e posto de gasolina.

— Eu acho que… — Otávio começa. — Vou tentar dormir um pouco.

Ele está mentindo. Eu sei que está. Não porque conheço os trejeitos do Otávio quando ele mente. Não sou tão especialista em Otávio assim. Até porque, durante todo o tempo que passamos juntos, ele mentiu muito pouco. Mas sei que, ao anunciar que vai tentar dormir, ele está sugerindo que *eu* tente dormir um pouco. Provavelmente porque estou um lixo; minhas olheiras já devem estar num tom de roxo nunca antes visto por humanos, e toda vez que eu abro a boca para falar qualquer coisa, percebo minha voz ficando um pouco mais fraca. Ao anunciar que vai tentar dormir, Otávio quer me dar um tempo de paz. Um momento para viajar quieto no meu canto, na poltrona da janela como eu quis desde o começo.

— Tudo bem. Eu também preciso. Dormir um pouco.

Ele sorri, satisfeito com a minha resposta.

Viro o corpo de lado, encarando a chuva, e tento encontrar uma posição confortável. O conceito de conforto para pessoas com quase um metro e noventa num ônibus interestadual semileito é uma piada. Mudo a posição dos braços umas duzentas vezes. Otávio parece fazer o mesmo. Apesar de ser mais baixinho do que eu, seus ombros são (sem exagero) da largura do corredor, e quando finalmente encontramos nossas posições ideais, meu braço esquerdo encosta no braço direito dele. O dorso da minha mão toca no dorso da mão dele. É o toque mais sutil de todos, como dois garotos se cutucando por baixo da mesa de uma sorveteria lotada num sábado de sol porque tinham medo do que os outros poderiam pensar.

Eu não me afasto. Ele também não.

Percebo que, apesar do cansaço acumulado, vai ser difícil cair no sono com minha cabeça quase explodindo de tanto pensar. Em partes porque não era bem assim que eu imaginava estar na viagem que me levará ao velório do meu pai. Em *outras partes* porque não dá para ignorar o fato de que Otávio é praticamente casado.

MAIS OU MENOS QUATRO ANOS ANTES, QUANDO DESCOBRI QUE OTÁVIO É PRATICAMENTE CASADO

— **Vermelha ou preta?** — perguntei, tirando duas regatas da gaveta e mostrando para Cristiano.

Era noite de sábado e nós estávamos nos arrumando para uma festa na rua Augusta, onde Cristiano iria encontrar um garoto que estava pegando e eu iria ficar perambulando pela pista de dança, encarando homens um pouquinho mais feios do que eu até eles tomarem alguma atitude porque era assim que eu flertava. Fazia pouco tempo desde que havíamos nos mudado para o mesmo apartamento, e ainda estávamos naquela fase de ir para festa todo sábado e passar o domingo inteiro de ressaca bebendo mais. Éramos jovens com uma quantidade inversamente proporcional de energia e dinheiro para gastar. Muita energia e pouco dinheiro, claro. O inverso era o meu plano de aposentadoria.

— Depende da sua intenção. A vermelha tem uma energia mais sexual. A preta, uma vibe mais misteriosa. Mas, no fim das contas, são duas regatas da Hering idênticas e na escuridão da festa não vai fazer diferença nenhuma.

Dei uma risada. Ele tinha razão. No fundo, eu queria que escolhesse a que me deixava mais bonito. Queria que me pedisse para vestir e que elogiasse meus braços. Mas não valia a pena esperar esse tipo de atitude do Cris. Ele me tratava mais como um irmão mais novo do que como qualquer outra coisa. E eu era mais velho que ele.

Na verdade, eu acho que nunca cheguei a *gostar* do Cristiano. Tipo, romanticamente. Eu achava ele atraente. Engraçado. Mas nada além disso. Nunca entendi o que me fazia buscar tanto a validação dele. Acho que eu só queria me sentir desejado e ele estava sempre por perto, então fazia sentido querer ser desejado *por ele*.

Cheirei as duas regatas e escolhi a que parecia mais limpa (a preta).

Chegamos cedo na festa porque a entrada era grátis antes das onze. A gente nunca dispensava entrada grátis. A pista meio vazia com aquele cheiro de gelo seco, ar-condicionado e possibilidades foi se enchendo pouco a pouco. Eu estava bebendo uma cerveja sabor tequila porque aquilo era o que todo mundo bebia. Não era ruim. Num piscar de olhos, eu e Cristiano estávamos em uma rodinha de gays semi-conhecidos. Amigos de um colega de trabalho que estudou com alguém e viajou com algum outro para um intercâmbio na Irlanda. Alguma coisa assim. Não conseguia organizar todas as conexões na cabeça com aquela música alta, mas, de alguma forma, parecia que todo mundo ali se conhecia, só que não muito. Foi assim que fiz a maioria das minhas amizades em São Paulo. Era sempre um amigo de um colega que fez intercâmbio na Irlanda.

Quando o ficante do Cristiano chegou e os dois foram para um canto escuro se atracar, o grupo dispersou. Cristiano sempre foi a cola. Ele tinha uma energia magnética que fazia todo mundo orbitar ao seu redor à espera de uma ordem do que fazer em seguida. Acho que ser bonito é o que dá essa energia magnética às pessoas, mas eu nunca soube como comprovar isso cientificamente.

Próximo das três da manhã, a música sempre ficava exponencialmente pior. Àquela altura, eu ainda estava na terceira cerveja, enrolando para terminar porque não tinha dinheiro para comprar uma quarta. Ficava rodopiando pela festa com aquele resto de bebida quente no fundo da garrafa de vidro, fingindo que o motivo de estar bebendo bem devagarzinho era excesso de compostura e não falta de dinheiro.

Fui para o fumódromo numa tentativa hipócrita de "pegar um arzinho". Eu precisava mais de um descanso para a mente do que de ar puro para os pulmões, e buscar ar puro no meio de um fumódromo apertado fazia todo o sentido na minha cabecinha bêbada e carente. Apesar de não ser fumante, é preciso admitir que fumódromos possuem uma energia social única. É a coisa do amigo do colega de intercâmbio elevada à vigésima potência. Cinquenta gays espremidos em dez metros quadrados compartilhando cigarros e histórias.

Avistei um grupo de quatro ou cinco caras conversando com muita empolgação. Fritando de tanta droga. Eles eram um bom alvo, porque quem está com a pochete cheia de droga não liga de dar um simples cigarrinho para um completo desconhecido.

— Oi — eu disse, tocando o ombro de um dos rapazes. Ele era baixinho, tinha cabelo azul e cara de tímido. — Tem um cigarro para me emprestar?

— Claro — ele respondeu com um sorriso gentil demais para aquela hora da madrugada, estendendo o maço na minha direção. Era daqueles cigarros de sabor. Pela cor, cereja. Ótimo. Peguei um.

— Fogo? — perguntei.

Ele aproximou a boca da minha, oferecendo a brasa do cigarro curtinho que estava fumando para que eu acendesse o meu. O gesto inocente teria sido até meio sexual se eu tivesse atração por caras fumando cigarros e se não fosse tão atrapalhado para tragar. Demorei uns quarenta segundos até conseguir roubar a brasa e, mesmo mantendo o sorriso gentil no rosto, Cabelo Azul demonstrou impaciência.

Ele deu um passo para o lado, abrindo espaço para mim na roda de amigos. Não sei se eram de fato amigos ou se, como eu, eram apenas gays perdidos vagando naquele espaço apertado em busca de companhia.

O cara mais alto da roda estava falando. Ele era branco, tinha cabelo platinado, barba rala e brincos nas duas orelhas. Lembro de pensar que, talvez, eu devesse platinar o cabelo. Ou furar as orelhas. Pelo que entendi, ele se chamava Lucca, com dois Cs, e era escritor. Publicou um livro de poemas que, muito em breve (e isso era *superconfidencial*), seria adaptado para uma minissérie de sete episódios. Cada um relacionando um pecado capital a uma cor do arco-íris. Pelo jeito como ele descrevia os próprios poemas, me pareciam ser a pior coisa já escrita.

Me acomodei bem quietinho, deixando o som da voz estridente de Lucca com dois Cs virar ruído branco enquanto eu aproveitava o ar quente e abafado e o cigarro grátis.

Foi quando o avistei.

Otávio, com as bochechas rosadas e o cabelo molhado de suor, como se tivesse passado as últimas duas horas dançando sem parar lá dentro daquele inferninho. O que me surpreendeu, porque Otávio não era de dançar. O Otávio que eu não via pessoalmente havia pelo menos oito anos, desde que tudo tinha acabado, não era de dançar. Muita coisa poderia mudar em oito anos. Eu, por exemplo, não era de fumar e mesmo assim estava lá enchendo o pulmão com nicotina sabor cereja.

Perdi a cor, o fôlego e a sustentação dos joelhos. Cabelo Azul percebeu, porque me puxou para perto da parede e me fez recostar.

— Tá passando mal? Precisa de alguma coisa? Água? — ele perguntou, estendendo um copo de plástico na minha direção que continha qualquer coisa nesse mundo, menos água.

Bebi mesmo assim porque àquela altura eu já nem sabia mais onde estava o resto da minha cerveja quente.

— Tô bem — garanti a ele. — Nada de mais.

— Certeza? — insistiu, apertando meu braço. Achei que ele estava dando em cima de mim. Em qualquer outra situação, eu já estaria encarando Cabelo Azul no fundo dos olhos até ele começar a me beijar, mas naquele momento eu não queria isso. Não com Otávio, corado e suado, a três passos e trinta gays de distância.

— Sim, sim. Não quero te atrapalhar.

MAIS ou MENOS 9 HORAS   79

— Tá tudo bem. — Ele aproximou a boca do meu ouvido. — Se eu escutar o Lucca falando dessa porra desse livro de poemas mais uma vez, eu juro que me mato na frente dele.

Ele riu, o que me deu a confirmação de que não iria de fato se matar. Só estava brincando com a fragilidade da vida daquele jeitinho que nós, gays, costumamos fazer em festas lotadas às três da manhã.

— Meu ex — eu disse, com a voz engasgada de quem está no leito de morte e escolhe "meu" e "ex" como suas últimas palavras.

Cabelo Azul virou o pescoço na direção do meu olhar sem a menor discrição.

— Seu ex? Ele te machucou? Quer se vingar? A gente pode se vingar. Se você quiser, claro.

Sorri com a cumplicidade instantânea de um cara que nunca tinha me visto na vida, mas a felicidade durou apenas dois segundos, porque, junto com Otávio, o abraçando por trás como se fossem um casal hétero em quermesse do interior, avistei outro homem. Loiro como Otávio, mais alto que eu, mais bonito que nós dois.

Minha língua ficou seca, o cigarro quase caiu dos meus dedos e meu queixo foi para o chão. E, bem neste momento, Otávio me avistou.

— Júnior? — ele gritou. — Mentira!

Balancei a cabeça, fingindo demorar um tempo para reconhecê-lo.

— Nossa! — exclamei.

— Ele foi filho da puta ou não? — Cabelo Azul sussurrou.

— Não, tá tudo bem — respondi. E notando que soei seco demais com um completo estranho que só me ofereceu ajuda, bebida e cigarro desde que nos conhecemos, completei com a voz mais delicada: — Obrigado. Ele é um querido.

Nem eu acreditei.

Otávio se aproximou com o outro loiro agarrado na cintura.

Levei o restinho do cigarro até a boca e traguei o mais forte possível. Péssima ideia, porque a fumaça entrou rodopiando nos meus pulmões e saiu pelo nariz enquanto eu tossia. Me senti uma criança que nunca tinha fumado na vida.

— Oi — cumprimentei, depois de me recuperar do ataque de tosse.

— Quanto tempo! — ele exclamou, me dando um abraço e dois beijinhos nas bochechas. — Não sabia que você fumava.

— Você não me vê há oito anos. Acho que a gente nem se conhece mais — falei num tom seco e afiado.

— Hã?

Ele não tinha ouvido minha resposta atravessada, e repetir meio que tiraria todo o impacto.

— Eu só fumo de vez em quando — acabei dizendo. — Oi! Prazer! — Balancei a cabeça na direção do Outro Loiro.

Otávio pareceu desconfortável com a situação.

— Ah, nem apresentei. Esse aqui é o Giovani… meu…

Por meio segundo, nutri a esperança de que ele iria dizer "meu primo de segundo grau que tem a mania de andar por aí agarrando minha cintura porque somos muito próximos".

— Marido — Giovani, o marido, completou. Ele estendeu o braço cheio de veias e nem um pelo sequer na minha direção e apertou minha mão com força. Uma ameaça.

— Marido, nossa! Parece que o casamento gay veio mesmo pra ficar! — brinquei.

Ninguém mais riu.

— Na verdade, a gente só mora junto — Otávio explicou. Giovani pareceu ofendido. — Há uns seis meses.

— *Praticamente* casados — ele interrompeu, emburrado.

— Seis meses para gays já é bodas de prata! — Era o Cabelo Azul, que continuava do meu lado ouvindo toda a conversa. — Prazer, Fulano.

Eu não lembro o nome do Cabelo Azul e acho que seria injusto inventar qualquer um para preencher este vazio nas minhas memórias. Mas ele se apresentou. Sorriu para o Otávio e ignorou Giovani.

Otávio continuava confuso e constrangido.

— Nós somos... amigos — falei.

— *Amigos* — Cabelo Azul repetiu, numa entonação provocativa que completou com uma piscadinha.

— Amigos — Otávio repetiu.

Conversa esquisita do cacete.

Cabelo Azul acendeu mais um cigarro. Deu o primeiro trago e soprou toda a fumaça na cara do meu ex e do atual dele. Achei fofa a atitude.

Giovani tossiu de maneira exagerada, como se o cigarro fosse sabor Spray de Pimenta da Polícia de São Paulo.

— Baby — ele disse, ainda agarrado na cintura de Otávio, como se os dois fossem um daqueles gêmeos siameses que têm seu próprio programa no Discovery Channel. E, numa vozinha de *bebê*, pediu: — Vamos embora? Tô cansadinho.

Cabelo Azul fez um barulho de quase vômito, provavelmente arrependido de ter se afastado da palestra de Lucca com dois Cs para presenciar aquela patacoada.

Otávio corou. De raiva por ter nosso reencontro arruinado. Ou de vergonha por ter sido literalmente chamado de *baby* na minha frente. Ou de calor por estar imprensado num cubículo com a fumaça de duzentos trens pairando no ar.

— Vou nessa, então — ele disse. — A gente se vê.

— A gente se vê.

Nunca mais nos vimos.

AGORA

Depois que descobri a existência de Giovani naquela festa, foi mais fácil não pensar em Otávio. Ele passou de um ex-namorado de infância para um antigo conhecido que agora era casado e para quem eu desejava tudo de bom. E falo isso sem ironia nenhuma. Juro.

Otávio sempre manteve a vida pessoal bem longe das redes sociais. Postava poucas fotos, e a maioria era de paisagens e pratos de comida. Insuportável. Já o marido dele, tentei procurar na internet, mas não sabia se era Giovani, Giovanni, Giovanny ou Gyovannhy. Eram muitas variáveis. Com medo de acabar encontrando o perfil e cair naquele buraco negro de Gays Com Vidas Melhores no Instagram, acabei abandonando a busca. Em menos de uma semana, Otávio já tinha voltado para o lugarzinho dele no meu passado.

Até meu pai morrer, eu entrar no ônibus para o velório, trocar de lugar com uma mãe necessitada e dar de cara com ele do meu lado. Me oferecendo um fone de ouvido. Um lugar na janela. Uma conversa interessante de verdade. Um toque sutil com o dorso da mão. Mesmo sendo *praticamente* casado.

Ele pode ter um casamento aberto, claro. Se seis meses de namoro são as bodas de prata dos gays, abrir o relacionamento é o chá de panela. Mas eu sei que não vou conseguir descansar enquanto não tirar essa dúvida. Enquanto não souber se o nome do marido dele tem ou não tem "y". Enquanto não perguntar se ele é feliz.

— Você é feliz? — pergunto, do mais absoluto nada.

Otávio abre os olhos, assustado. Ele estava naquele não lugar entre dormindo e acordado.

— Oi? — ele pergunta, pigarreando.

Decido mudar a abordagem.

— Como vai o seu marido?

Me arrependo da mudança de abordagem.

Otávio parece pego de surpresa. Depois confuso. Depois sem graça. Tudo isso em dois segundos. Só então ele ri.

— Que foi? Falei besteira?

— Não, não. — Ele balança a cabeça. — É só que eu lembrei daquela noite. Quando você conheceu o Giovani.

— O nome dele tem "y"? — pergunto, só para acabar de uma vez com essa questão.

— Não. G-I-O-V-A-N-I. — Otávio soletra com a segurança de que só quem tem um marido chamado Giovani é capaz.

— Ah, sim.

Silêncio esquisito.

— A gente terminou algumas semanas depois daquela festa — Otávio anuncia.

— Nossa. — Tento não sorrir. — Novo assim e já divorciado.

Otávio ri.

— Você é ridículo!

— Tô falando sério, poxa. Vocês não eram *praticamente* casados?

— Isso era coisa do Giovani. Ele se mudou para a minha casa no primeiro mês de namoro. Estava meio sem grana para morar sozinho. Eu deixei porque... Sei lá. Porque eu estava carente na época. E ele era legal. E bonito.

— Os bonitos são os piores.

— Pois é. Mas aí o tempo foi passando, e eu fui vendo que ele tinha umas manias esquisitas.

— Tipo te chamar de *baby* — comento com um pouquinho de escárnio.

— *Isso!* E deixar o xampu sempre de cabeça para baixo, mesmo quando o frasco ainda estava cheio. E não lavar os copos quando ele só bebia água porque "a água já limpa o copo por si só".

— Infelizmente, vou ter que defender o Giovani agora, baby.

Otávio ri e dá um soquinho de leve na minha perna.

— E sabe o que era mais bizarro?

— O quê?! — pergunto, virando o corpo de lado e me preparando para algo bizarro *bizarro*. Qualquer coisa que me dê a confirmação de que Giovani está longe de ser perfeito.

— Ele amava comer o fiapo da banana — Otávio revela com uma fúria meio cômica, mas muito séria.

Decepcionante. Eu estava esperando uma história bizarra *bizarra*. De canibalismo pra baixo.

— Isso é algum eufemismo sexual? — pergunto só pra confirmar.

— Não! É literal! Sabe o fiapo da banana? Aquela parte que não é nem casca nem banana? Ele comia de propósito. Ele *pedia* os fiapos da minha banana.

— Isso *com certeza* é um eufemismo sexual — comento.

— Foi por isso que eu terminei.

— Pediu o divórcio — corrijo.

— *Praticamente* divorciado — ele rebate, aceitando que não vou parar de zoar tão cedo e entrando na brincadeira, talvez por achar engraçado de verdade, ou por pena de mim, já que meu pai morreu e fazer piada com o falso divórcio dele me distrai. Seja qual for o caso, fico grato.

— Uma pena que não deu certo — digo, mesmo sem achar uma pena.

— E você? Deu certo lá com o William?

— Quem?

— O cara que estava com você na festa e lambeu seu pescoço na minha frente — Otávio responde.

— Nada do que você disse faz sentido.

— Claro que faz, Júnior! — Otávio bate na perna. — O cara de cabelo azul que estava com você. Se chamava William. Eu brinquei e chamei ele de William Shakespeare. Ele não riu.

— Eu também não riria se fosse ele — digo, em defesa do Cabelo Azul, que aparentemente se chama William agora.

— Daí ele disse que vocês eram *muito mais que amigos*, olhou bem no fundo dos meus olhos e *lambeu seu pescoço*.

— Não é exatamente assim que eu me lembro dessa história. Mas, até aí, eu nem lembrava que o cara se chamava William, ou seja…

— Ah, então vocês não tiveram nada?

— Nunca mais vi na vida. Ele só me deu um cigarro. E lambeu meu pescoço, ao que tudo indica.

— Ah — Otávio murmura. Quase dá para ouvir o alívio na voz dele.

— E você… Está namorando de novo? — pergunto.

— Não.

Ele não devolve a pergunta. Provavelmente por não querer perguntar da vida amorosa do ex que acabou de perder o pai. E não por não querer a resposta. Então, eu mesmo confirmo:

— Eu também não. Sabe como é… muito trabalho, correria danada, pai morrendo, essas coisas…

Otávio não ri. Em vez disso, suspira e se vira na minha direção. Porém, não me encara. Seus olhos estão fixos na janela atrás de mim, e ele fica alguns segundos em silêncio, observando a estrada passar e a chuva cair.

— Eu achava que com trinta anos já estaria com a vida toda nos eixos, sabe? — diz, por fim. — Fiz tudo direitinho, entrei na faculdade que meus pais queriam que eu entrasse, abri meu escritório de direito trabalhista com um sofá verde na recepção do jeitinho que eu queria, tenho um apartamento bonito para onde voltar todo dia. Mas, no fim das contas, isso são só… coisas, né? A gente precisa de mais do que coisas nessa vida.

Não sei o que responder. Acompanho o olhar pensativo do Otávio e me viro para a janela também. A chuva continua. Estamos passando por algum lugar idêntico a onde estávamos uma hora atrás.

— Desculpa o papo existencialista do nada — Otávio diz.

— Advogado trabalhista, então? — comento, jogando a conversa para outro lado porque não quero que chegue a minha vez de começar com o papo existencialista. — Nunca imaginei você se tornando esse tipo de advogado.

— Ah, é? — Otávio sorri. Parece empolgado por poder falar de advocacia. — Qual tipo de advogado você imaginava que eu seria?

— Sei lá, Otávio. Olha minha cara de quem sabe quais são os *tipos* de advogado que existem. Só conheço aqueles que aparecem em filme de assassinato…

— Criminalista? — ele sugere.

— Isso. E a Legalmente Loira.

— Que, em teoria, também é criminalista. Só que de terninho rosa — diz ele, com um sorriso.

— Era assim que eu te imaginava. Solucionando crimes de terninho rosa. E não... sei lá, lutando pelos direitos da classe trabalhadora.

— Às vezes eu tenho que defender um ou outro patrão filho da puta. Não é uma profissão tão nobre assim — ele diz, com uma pontada de culpa na voz.

— Monstro.

Otávio ri.

— Chega de falar de mim. O que *você* tem feito da vida? — A pergunta soa quase como uma ameaça.

Agora sou eu quem sente uma pontada de culpa. Porque, ao pensar nas minhas tardes arrastadas roteirizando podcasts ruins, percebo que minha profissão também não é nada nobre, e que também ganho a vida trabalhando para um patrão filho da puta. Duas, no caso.

— Eu sou roteirista de podcasts — dou a resposta padrão, que geralmente costuma matar o interesse de qualquer um, porque ninguém quer saber *mais* sobre o dia a dia de um roteirista de podcasts.

Mas Otávio não é qualquer um.

— Que demais! Eu *adoro* podcasts! — ele responde, com uma empolgação sincera.

— Claro que adora — murmuro baixinho.

— Para quais podcasts você trabalha? Será que já escutei algum? Eu gosto dos de *true crime,* mas dei um tempo porque sempre passava muita raiva com tanto investigador burro. Também ouço um outro desses de amigos conversando por duas horas, sabe? — Eu sei. — É bom para distrair no trânsito.

— Acho que você nunca ouviu nada meu, não. Eu trabalho com um público mais... feminino — digo, tentando fazer ele perder o interesse.

— Ah, entendi. Mas você sempre quis trabalhar com roteiro, né? Sempre foi bom em escrever.

— Infelizmente a profissão de desenhista de corações que parecem caminhões não foi pra frente... — brinco.

Ele leva uns dois segundos para entender a piada, mas, quando entende, abre um sorriso cheio de nostalgia. De saudade, talvez.

— Então nós dois acabamos trabalhando com o que a gente achava que ia trabalhar na adolescência. Isso é raridade — diz ele.

— Fale por você. Eu nunca sonhei em roteirizar duas loiras falando sobre papinha de neném vegana, não! — rebato, soando um pouquinho mais rancoroso do que pretendia.

Ficamos em silêncio por alguns segundos, como se nós dois estivéssemos percebendo ao mesmo tempo que os sonhos de adolescência não fazem mais tanto sentido quando se tem quase trinta anos. O que é uma pena. Às vezes sinto falta de ter sonhos a longo prazo. E por mais que eu tenha a noção racional de que ainda tenho muita vida pela frente, é impossível abafar a sensação de que já vivi meus melhores anos, e eles nem foram tão bons assim.

— Obrigado — digo, por fim, desesperado para me livrar daquele clima ruim. — Por achar que eu sempre fui bom em escrever.

— Você é — Otávio responde com um tom de certeza de quem diz que o céu é azul e a água é molhada.

— Você só leu as cartinhas de amor que eu te escrevia e mais nada. É fácil achar uma carta de amor tecnicamente boa quando ela é escrita pra gente — digo, sentindo uma pontada de vergonha pelas cartas que eu escrevia para ele. Não me lembro de muita coisa, mas sei que eram bregas. E muitas delas eram páginas e páginas de histórias que eu inventava em que a gente morava junto e não existiam problemas.

— Deixa eu ler alguma coisa atual sua, então. Só para eu ver se você continua sendo um bom escritor.

— Você quer ler meu trabalho? Meus roteiros sobre papinha de neném vegana? — pergunto, ainda mais envergonhado.

— Claro que não! Quero ler o que você tem escrito de *verdade*. Para você. E não para o seu chefe filho da puta que eu espero nunca ter que defender na justiça um dia.

— São *duas* chefes. E eu também espero — respondo, soltando um suspiro.

Tenho vontade de mandar ele esperar sentado, mas me contenho porque é exaustivo bancar o ex-namorado ácido por tanto tempo. Não estou muito a fim de continuar no personagem.

A verdade é que faz muito tempo que não escrevo nada para mim. Quando me mudei para São Paulo, tinha meus sonhos megalomaníacos de ser roteirista de TV. De estar andando pela Avenida Paulista numa noite fria e encontrar um produtor ricaço, porém simpático, que puxasse assunto comigo do nada e me chamasse para escrever uma série que seria assistida por milhões de pessoas.

Da última vez em que andei pela Avenida Paulista numa noite fria, levaram meu celular e metade de um Big Mac que eu estava comendo.

Com o passar dos anos, fui engavetando um roteiro atrás do outro. Concluindo algumas histórias boas e outras bem ruins sem nunca saber o que fazer com elas. As contas foram chegando, viver foi ficando mais caro, entrei de mansinho no ramo dos podcasts e nunca mais saí. Em vez de vender minhas histórias, faço isso com as histórias dos outros, contadas do meu jeito. O que não é tão ruim. Mas também não é tão bom.

— Não tenho nada finalizado — me justifico. Volto a olhar pela janela, tentando fugir do julgamento do Otávio. Lá fora, a paisagem se estende numa linha reta. Asfalto e uma montanha atrás da outra. — Escrever roteiro quando não se tem um plano concreto é meio que subir uma montanha enorme sem saber o que tem do outro lado. Leva muito tempo, exige muito esforço... E se eu chegar lá no alto e não encontrar nada?

— Mas e se você chegar lá no alto e encontrar *tudo*?

O otimismo do Otávio me faz rir. É tão inocente que nem parece advogado. Me dá raiva e um pouquinho de inveja. Porque eu queria ser assim, juro. Talvez eu até fosse se não estivesse viajando para enterrar um pai que nunca se deu ao trabalho de me conhecer. Que nunca olhou para mim na época em que eu era otimista como Otávio e enxergou potencial em vez de desprezo. Talvez fique mais fácil voltar a sonhar agora que a pessoa a quem eu culpo por todas as minhas frustrações não existe mais. Talvez fique mais difícil porque agora a culpa será toda minha.

O ônibus para. Só então me dou conta de que a chuva já passou.

Estamos presos na fila de um pedágio e a ausência de movimento me traz uma certa paz. Uma vontade de ficar assim, paradinho por um tempo, tentando reorganizar a cabeça. Fecho os olhos por um instante e, só por um segundo, finjo que voltei a ser um homem que tem sonhos. Não planos e objetivos com etapas bem definidas e muito trabalho. Só sonhos mesmo. Absurdos, incoerentes, imaginativos e cheios de cenários onde sou ridículo de tão feliz. Encaro de novo as montanhas.

E se eu chegar lá no alto e encontrar *tudo*?

MAIS OU MENOS CATORZE ANOS ANTES, QUANDO ME DISSERAM PELA PRIMEIRA VEZ QUE EU ESCREVO BEM

— Júnior, você escreve bem.

Pisquei umas três vezes bem rápido, tentando assimilar a informação. Eu estava sentado numa cadeira bamba, na primeira fileira da sala de aula vazia, e não sabia o que fazer com aquele elogio.

O sinal anunciando o fim da aula havia tocado, e a professora Aline tinha me pedido para ficar mais um tempo para conversarmos um pouco.

Aline era a professora de Língua Portuguesa e Literatura. Uma mulher baixinha, de pele marrom-clara, cabelos cacheados sempre brilhantes, óculos de hastes grossas e pretas e anéis dourados em quase todos os dedos. Como a grande maioria dos professores de escola estadual, Aline sempre parecia apressada, cansada e mal remunerada. Porém, mesmo com todos os obstáculos, suas aulas eram as melhores. Bom, pelo menos para mim, que gostava de Língua Portuguesa e não conseguia entender como alguns alunos consideravam *ler um livro e falar sobre ele depois* uma tarefa difícil. Mas eu era exceção.

Outro fator importante a ser considerado: a professora Aline era lésbica. Ela nunca chegou na sala de aula enrolada numa bandeira de arco-íris gritando EU SOU LÉSBICA. Não literalmente. Mas todo mundo sabia. Em Nova Friburgo, Rio de Janeiro, todo mundo sabia de tudo. O que era vantajoso em algumas situações, mas assustador na grande maioria das vezes.

O colégio inteiro criava teorias sobre a vida que a professora Aline levava quando não estava obrigando todo mundo a ler Machado de Assis. Um rumor forte dizia que ela morava num chalé escondido no meio do mato em Lumiar, nos arredores da cidade, com a esposa, pilhas e pilhas de livros amarelados, uma moto e uma cadela vira-lata chamada Sapatão. Sempre achei o nome da vira-lata a parte mais maldosa daquele rumor, mas, tirando isso, me parecia a vida dos sonhos.

Sabendo que muitos colegas de classe odiavam a professora Aline, eu vivia me esforçando para parecer interessado nas aulas dela, mesmo nos dias em que não estava a fim. Eu me sentava na primeira fileira, sorrindo e balançando a cabeça para as explicações sobre romantismo para que ela soubesse que, naquele mar de alunos desinteressados, eu me importava. No fundo, talvez eu só quisesse que alguém se importasse comigo também, então fazia o bem na esperança de que o universo me recompensasse um dia.

Acho que era uma coisa meio gay. Eu não entendia na época, mas, com o passar dos anos, percebi como professoras de Língua Portuguesa emitiam uma energia magnética para gays. Talvez por conta da subjetividade, das entrelinhas, da interpretação que a matéria exigia. Para mim, nascer hétero tornava qualquer pessoa imune a subjetividade, entrelinhas e interpretação.

— Você escreve *muito* bem — a professora Aline repetiu com mais ênfase, talvez tentando arrancar alguma reação de mim. Um "obrigado", ou pelo menos um sorriso.

Fiquei vermelho de vergonha.

— Hum... Muito obrigado? — respondi com tom de pergunta.

Eu não sabia aonde ela queria chegar com aquele elogio.

Ela pareceu notar a confusão na minha expressão e decidiu se explicar.

— Eu sou professora há quase dez anos, você sabe. — Assenti, apesar de não saber. — E em todo esse tempo eu já li muita coisa produzida pelos meus alunos. Muita coisa boa, felizmente, e também muita coisa... *ruim*. — A última palavra saiu num sussurro. — Mas você, Júnior. Minha nossa! Você está acima da média.

Estalei os dedos de nervoso e senti meu coração acelerar. Acho que a parte do "acima da média" tinha mexido mais comigo do que a parte do "você escreve bem". Porque, em toda a minha vida até aquele ponto, eu nunca havia me sentido *acima* da média. Na minha cabeça, eu sempre estava pendurado na média, segurando na pontinha dos dedos, sem forças para me puxar para cima e morrendo de medo de cair. Acho que era *outra coisa* gay. O pavor de ser medíocre. E, de alguma forma, a validação daquela mulher de um metro e meio de altura, com uma vida secreta nos arredores da cidade e uma cadela vira-lata metafórica chamada Sapatão, fez meu peito borbulhar. Era como se, pela primeira vez na vida, eu me sentisse capaz de *conquistar* alguma coisa.

— Nossa, professora, muito obrigado *mesmo*. — Tentei elaborar. — Eu realmente estou... sem palavras. Mas te agradeço pelo elogio. Do fundo do meu coração.

Ela riu e eu me senti uma criança de doze anos agradecendo a tia depois de ganhar roupa de presente de Natal.

— Decidi te chamar para conversar por dois motivos. — Ela abriu a tampa da garrafa de dois litros de água que sempre deixava em cima da mesa e bebeu um gole antes de continuar. — Primeiro para me colocar à disposição caso você tenha qualquer dúvida sobre carreira. Sei que você ainda está no primeiro ano, nem deve estar pensando em vestibular ainda. Mas acho que sua habilidade com a escrita pode dar em... alguma coisa. Pode te levar longe.

Mordi o lábio, pensando na possibilidade de chegar em qualquer lugar só por escrever bem. Nem precisava ser longe. Fora de Friburgo já estaria ótimo.

— Não conta pra ninguém que eu te disse isso, mas, hoje em dia, acho que ir pra faculdade nem é grande coisa — ela sussurra em confidência. — Mas, no que eu puder te ajudar, conte comigo. As possibilidades são muitas. Escrita criativa, crítica literária, estudos de língua portuguesa mais voltados para a área acadêmica mesmo... Não sei se você tem algum sonho ou objetivo, mas...

— Roteirista — respondi sem nem pensar. — Sempre sonhei em escrever séries. Ver *outras pessoas* falando as coisas que eu escrevo porque eu sou... meio ruim falando. Mas sou bom escrevendo. Eu acho. Você acabou de dizer a mesma coisa. Então acho que você também acha. Né? — Ela riu, confirmando que *sim*, eu era ruim falando. — Mas é só um sonho besta — completei, para parecer menos idiota.

— Besta é sonhar pequeno, Júnior. Você pode fazer qualquer coisa.

Respirei fundo, imaginando uma conversa entre a professora Aline e o meu pai. Ela defendendo que eu poderia fazer qualquer coisa, ele afirmando que eu não fazia nada direito. A conversa viraria discussão, que viraria briga, que viraria explosão. E, no fim, só sobraria eu no meio de tudo aquilo sem saber em quem acreditar.

— Eu não entendo muita coisa. Na verdade, não sei quase nada. De como fazer para escrever roteiros um dia. Por isso que eu disse que era um sonho besta.

— Você está na idade de não saber quase nada. E não saber quase nada é bom. Porque aí dentro — ela apontou para a minha cabeça — tem espaço para aprender quase tudo.

Eu ri com a professora Aline me chamando de cabeça oca de um jeito que parecia um elogio.

—Agora — ela recomeçou, tomando um gole bem maior da garrafa d'água desta vez. — A outra coisa que eu queria conversar contigo entra numa esfera bem mais... *pessoal*. E eu entendo se você não quiser falar comigo a respeito.

Gelei. Tirando Larissa, ninguém mais no colégio conhecia minha *esfera pessoal*. Eu evitava ao máximo ser visto como uma pessoa. Se possível, eu preferiria ser apenas um pedaço de cartolina no meio da sala de aula porque ninguém apontava para pedaços de cartolina gritando "haha viadinho" com escárnio.

— Como assim? — perguntei, a garganta seca.

Eu queria muito pedir um gole de água, mas decidi que seria melhor não, porque ela bebia direto do gargalo e, mesmo querendo me conhecer melhor, acho que eu e a professora Aline não estávamos num nível *tão* íntimo assim.

— Aquela redação que eu pedi para a turma no primeiro trimestre... — Eu não sabia do que ela estava falando. Já estávamos em setembro ou outubro, e a professora passava tantas redações que era difícil lembrar de todas. — Aquela do... Brás Cubas.

Arregalei os olhos. Eu sabia exatamente do que ela estava falando. A gente tinha acabado de ler *Memórias Póstumas de Brás Cubas*, do Machado de Assis, um livro importante para o realismo na literatura brasileira sobre um homem que temia a mediocridade e queria se tornar alguém importante a qualquer custo (subtexto gay?) narrando sua autobiografia depois de morto. Ele não é o único que morre. *Todo mundo morre neste livro.* Junto com um questionário sobre a leitura, a professora Aline tinha passado uma redação para a turma. Coisa simples. Devíamos escrever em uma ou duas páginas nossas próprias memórias póstumas. Algo que gostaríamos que fosse lembrado a nosso respeito depois que deixássemos de existir. Um convite a pensar em nosso futuro e também em nosso legado. Na minha opinião, um dos trabalhos mais divertidos que a professora já passou.

Infelizmente nem todo mundo pensou o mesmo.

Deu o maior bafafá na época. Alguns alunos ficaram apavorados com a ideia de terem que pensar na morte, outros se recusaram a escrever porque iria contra a religião deles e, se não me engano, a mãe de uma garota chamada Jennifer entrou na diretoria aos berros declarando que "uma professora estava promovendo ideações suicidas dentro de sala de aula".

O trabalho foi cancelado. Mas eu entreguei mesmo assim porque, antes da coisa toda explodir, minha redação já estava pronta.

— Eu lembro — confirmei, balançando a cabeça. — Foi um trabalho cheio de... emoções.

A professora Aline riu.

— Pois é. Eu quase caí dura.

Eu ri mais alto. Gostava do jeito como ela falava sem medo da morte (subtexto gay?).

— Mas por que você está falando desse trabalho? Não foi cancelado? Ainda vale nota? A minha nota foi ruim?

— Não, não — ela se apressou em responder, balançando o dedo indicador na minha direção. — Na verdade, você foi um dos únicos que chegou a entregar. Você e outra aluna que não entendeu direito a proposta e escreveu o reencontro dela com o cachorro que morreu no ano passado. Ela narrou em muitos detalhes como gostaria de brincar com o bichinho no céu, jogando um osso feito de nuvem para ele buscar.

A professora prendeu o riso e revirou os olhos tão rápido que se eu tivesse piscado não teria percebido.

— Osso feito de nuvem... — murmurei, imaginando a cena.

— Mas, enfim, esquece isso. Queria falar do seu texto. Que ficou muito bom. Excelente. Exatamente o que eu esperaria de você. Mas, ainda assim, um pouco... sombrio? — Ela fez uma careta com a palavra e refletiu, escolhendo outra melhor. — Melancólico?

Na minha redação, escrevi sobre um garoto inventado (eu) que morre muito novo e relata memórias póstumas sobre um pai inventado (meu pai) que no geral era uma pessoa horrível. O texto terminava com um convite que soava quase como uma ameaça. Uma promessa do garoto inventado fazendo referência à dedicatória do livro de Machado de Assis, dizendo que o verme que roeu as frias carnes do cadáver dele adoraria sentir o gostinho da carne do pai também.

Sim, um pouco sombrio. Mas era tudo inventado.

— Ah — respondi, sem saber aonde ela queria chegar. — Desculpa se eu peguei pesado demais. Acho que só estava, sei lá, inspirado?

— Não precisa pedir desculpas. Na verdade, eu nem ia comentar nada, afinal, o trabalho foi cancelado. Mas volta e meia eu me pego pensando nesse texto. E agora sou eu que te peço desculpas se estiver me intrometendo. Mas é que tudo naquela redação parecia muito... real. Autêntico. E eu só queria saber se... saber se... — Ela virou a garrafa d'água num movimento brusco e bebeu o último gole. — Se você está bem. Se está seguro.

Ela parecia mais nervosa do que eu. E eu estava *bem* nervoso. Porque, afinal, eu não era bobo. Entendi exatamente o que ela queria saber. A professora Aline queria compreender se, assim como o personagem do meu texto, eu também tinha uma relação complicada com meu pai. Se também imaginava a morte dele e me deliciava com cada detalhe. Se eu também me sentia sufocado, oprimido e sem espaço para crescer. A resposta para tudo era sim. Mas eu não podia dizer a verdade porque, com ela, viriam mais perguntas. E por mais que o meu coração me dissesse que eu poderia confiar na professora Aline, que supostamente vivia com a esposa no meio do mato andando de moto e cuidando de uma cadela vira-lata chamada Sapatão, apenas a minha intuição não era o bastante.

O ato de me abrir com a professora poderia atrair a atenção de outros adultos para a minha vida. Mais gente do colégio poderia ficar sabendo. E, uma hora ou outra, aquilo chegaria nos ouvidos do meu pai.

Todos os diferentes cenários se desdobraram na minha cabeça, e eu devo ter ficado em silêncio por pelo menos um minuto inteiro.

— Não precisa me responder nada. Só queria que você soubesse que... — Eu nunca tinha visto a professora Aline se enrolar tanto com as palavras. Palavras sempre foram seu forte. Talvez o cérebro dela também estivesse criando todos os cenários possíveis, imaginando os problemas que poderia arrumar ao extrapolar certos limites que uma professora não deveria extrapolar. — Está tudo bem — ela concluiu. — E você pode sempre pedir ajuda... Quando achar que precisa.

Ela bateu as mãos cheias de anéis no tampo da mesa, como se estivesse tentando se segurar para não dizer mais nada.

Respirei fundo.

— Tá tudo bem, professora — respondi, tentando parecer inabalável. — De verdade. Obrigado por se preocupar. Mas aquilo lá foi tudo invenção da minha cabeça. Drama adolescente, só isso.

Ela riu, mas sua expressão continuava tensa.

— *Drama adolescente* — repetiu no mesmo tom de voz que o meu. — Você falou como se fosse adulto agora.

— É meu gênero favorito — respondi. — Talvez eu escreva um drama adolescente um dia.

— Eu acredito em você — ela disse, guardando a garrafa de plástico enorme e vazia dentro da bolsa de couro.

O gesto funcionou como um sinal de que nossa conversa havia terminado.

— Obrigado pelo incentivo, professora. — Arrastei a cadeira para trás e me levantei. Fiquei parado por um instante sem saber como me despedir. Aquela tinha me parecido uma conversa digna de terminar com um abraço, mas eu nunca havia abraçado a professora Aline e não sabia se seria esquisito ou não. Por fim, decidi apenas acenar e, dando meia-volta, caminhei na direção da porta.

— Júnior! — ela chamou quando eu estava quase saindo.

— Oi?

— Eu não estou brincando, viu? Acredito em você.

AGORA

Ainda estamos presos no pedágio. Olho no celular e pouco mais de duas horas já se passaram desde que entrei no ônibus. Só mais sete horas pela frente. Mais ou menos.

O trânsito se move na velocidade de uma tartaruga idosa e deprimida e é impossível não pensar no meu pai. Ele odeia engarrafamento. *Odiava.* Ainda não consigo conjugar meu pai no passado. Tá certo que ninguém *ama* engarrafamentos, mas com ele era diferente. Mais de um minuto parado e ele começava a buzinar. Se a buzina não desse certo (e nunca dava), ele começava a xingar. Botava a cabeça para fora da janela e gritava com o motorista da frente e com o de trás. Gritava com deus e com o diabo, como se o plano de todos os seres que regem o universo fosse deixar João Paulo Batista preso no trânsito. Era sufocante ficar com meu pai dentro de um carro. Talvez seja por isso que eu nunca quis aprender a dirigir. Ou talvez eu seja apenas parte da estatística que mantém a desproporcionalidade abismal entre gays que dirigem *versus* gays que não dirigem.

Tem dias que eu acordo com vontade de dirigir. Mas deixo a vontade para lá porque tenho medo de não conseguir aprender mais nada a esta altura da vida. Sinto que a adolescência é o momento em que nosso cérebro está disposto a aprender coisas e, quando chegou a minha hora, eu só aprendi a fugir.

O ônibus anda meio centímetro e freia bruscamente, jogando o corpo de todos os passageiros para a frente e para trás num ritmo sincronizado. Otávio ri ao meu lado.

— Você ainda toca piano?

Pergunto para manter a conversa, porque, conforme descobri nas últimas duas horas, conversar com Otávio me faz esquecer do que me trouxe até este ônibus. Abafa um pouco minha ansiedade para chegar no destino final. Como uma criança no banco de trás que passa a viagem inteira assistindo *Patrulha Canina* porque os pais não aguentam ouvir um "a gente tá chegando?" a cada vinte minutos.

Pergunto também porque, diferente de mim, Otávio aprendeu muitas coisas durante a adolescência. Piano foi uma dessas coisas. Eu achava atraente o fato do Otávio saber tocar piano. Só vi ele tocando uma vez na vida, e me lembro até hoje do jeito como suas mãos deslizavam pelas teclas com muita certeza do que estavam fazendo. E, no fundo, lembro de sentir um pouquinho de inveja também. Porque "certeza do que se está fazendo" sempre me pareceu algo impossível de alcançar.

Otávio parece pego de surpresa pela pergunta.

— Nunca mais toquei, sabia?

Não sei se é o jeito como ele pronuncia as palavras "nunca mais", ou se é a minha ficha caindo de que o Otávio que eu conhecia não existe mais do jeito como eu imaginava, mas meu coração encolhe um pouquinho. Sinto uma melancolia meio desproporcional.

— Nunca mais? Por quê? — pergunto.

— A resposta curta é falta de tempo mesmo. Eu tocava desde criança, mas, quando comecei a me preparar para o vestibular, e quando entrei na faculdade em si, não sobrava muito tempo para praticar — ele responde.

— E a resposta longa? — Olho para o relógio imaginário no meu pulso. — Tô com tempo.

Otávio respira fundo, pensando no que dizer em seguida. Ele tira os óculos e bafora vapor nas duas lentes antes de limpá-las na barra da camisa. Faz tudo com a maior calma do mundo, levando a sério o fato de que estou com tempo.

— A resposta longa não é tão longa assim. Mas é meio mesquinha — ele diz, por fim.

— Você é um advogado que não usa terninho rosa e vai pro escritório de carro ouvindo as melhores da MPB. Não tem como eu te achar *mais* mesquinho — digo, e ele sorri.

— Eu não era bom — ele anuncia com a voz grave, recolocando os óculos no rosto. — E tentei *ficar* bom por um tempo. Mas só me frustrava toda vez. Daí acabei abandonando porque, na minha cabeça, não valia a pena perder tempo com alguma coisa para no fim das contas ser só medíocre, sabe? — Ele faz uma careta, como se estivesse envergonhado com a própria resposta.

Faço uma careta porque "perder tempo com alguma coisa para no fim das contas ser só medíocre" poderia ser o título da minha biografia. Mas não digo isso em voz alta. Porque não quero desviar o assunto para mim. E também porque não acho que ele era ruim.

— Você não era ruim! — rebato. — Eu lembro direitinho. É o tipo de coisa que eu sempre comento durante conversas de bar quando o assunto é "qual foi a coisa mais romântica que alguém já fez por você" e tal. Sempre falo do meu primeiro namoradinho que tocou Cazuza no piano pra mim e ninguém nunca consegue superar a minha história.

Tirando a vez em que o Cristiano levou para o bar com a gente um amigo rico que já tinha namorado outro gay ainda mais rico que levou ele para um *bate-volta* em Paris ou algo assim. Mas não falo isso em voz alta porque quero que Otávio continue acreditando que a nossa história é romanticamente insuperável.

Ele fica corado.

— Com que frequência isso é assunto em mesa de bar, Júnior? Não fode.

— Com *muita* frequência. Eu tenho vários amigos cancerianos.

Otávio revira os olhos e ignora o comentário astrológico.

— Enfim, você me ouviu tocar *uma* vez. E foi num momento com muita... — Ele escolhe as palavras. — Carga emocional. Não vale.

Tento segurar a risada, mas ela acaba saindo pelo nariz.

— Viu só? — Otávio grita baixinho. — Nem você acredita na própria mentira.

— Não! Não é isso! — Tento defender meu argumento. — Eu acredito, *sim*, que você era um bom tocador de piano.

— Pianista — Otávio corrige.

— Isso. Só achei engraçado você usar a expressão "carga emocional" pra definir nossa primeira vez. Foi tão horrível assim?

Agora Otávio cora mais ainda. De um jeito que chega a ser humilhante para um homem adulto. É bonitinho.

— Muito pelo contrário. — Ele pigarreia. —Aliás, quando o assunto na mesa de bar é "quem aqui teve a primeira vez menos horrível de todas", a nossa história sempre ganha.

Fico sem graça e solto uma risada alta. A mulher no banco da frente dá um salto no lugar e olha para trás com cara feia. Pela primeira vez, me dou conta de que estou há um tempão falando sobre coisas da vida que nunca falo com ninguém num ônibus lotado onde qualquer pessoa pode escutar. Fico com vergonha e um pouco desnorteado.

Mas a sensação não dura muito tempo. Otávio toca meu joelho e vira o corpo completamente na minha direção. Faço o mesmo, e nós dois ficamos frente a frente, olho no olho. A vergonha é substituída por uma mistura de segurança, tesão, paz e um pouquinho de culpa, é claro. Não tem como fugir da culpa quando foi preciso meu pai morrer para que eu reencontrasse o cara com quem tive a primeira vez menos horrível de todas.

— Melhor a gente conversar baixinho — Otávio sussurra.

Estamos tão perto que o hálito dele atinge meu rosto. Não tem cheiro de chiclete de hortelã nem nada assim. É um cheiro normal. De boca mesmo. Mas de uma boca limpinha.

— Tem razão. — Abro um sorriso. — Shshhswhaheeerhasshhh — sussurro um barulho sem sentido e ele sorri de volta.

O ônibus começa a andar de novo.

MAIS OU MENOS TREZE ANOS ANTES, NA TARDE DA NOSSA PRIMEIRA VEZ

Encarei o pôster do Taylor Lautner sem camisa cercado por um monte de lobos malfeitos em computação gráfica e pensei: é hoje que eu perco a virgindade.

Eu estava de pé no quarto da Larissa, com as penas bambas e a boca seca.

— Tá nervoso? — ela me perguntou, sentada de frente para a penteadeira enquanto fazia trança no cabelo comprido.

— Um pouquinho só — menti.

— Relaxa, vai dar tudo certo — ela me acalmou, como se fosse a maior especialista em transar pela primeira vez. — Só me manda mensagem avisando quando vocês... terminarem. Não quero interromper nada, mas também não quero ficar zanzando pelo shopping à toa.

— Eu aviso assim que acabar — respondi. Pensando melhor, acrescentei: — Não *exatamente* no momento em que acabar. Acho que vamos precisar de um tempinho pra, sei lá, recuperar o fôlego. E talvez tomar um banho? Não sei.

— Entrei em pânico pela milionésima vez naquele dia. — Será que a gente vai precisar tomar banho?

Larissa riu e, mais uma vez usando a voz da experiência, respondeu:

— Um banhozinho é sempre bom, né? Tem toalha na segunda porta de cima do armário. Coloca no cesto depois que usarem.

Respirei aliviado. Eu sinceramente não sabia o que seria de mim sem a minha melhor amiga. Acho que continuaria virgem até os trinta. A ideia de sugerir ao Otávio que, depois de quase oito meses de namoro, a gente finalmente transasse na verdade tinha partido dela. De um jeito carinhoso e nem um pouco bizarro, claro.

A mãe da Larissa era professora universitária e vivia dando palestras sobre engenharia de alguma coisa em universidades ao redor do país. Naquela semana, no meio de setembro, ela havia viajado para o interior de Minas junto com o marido e os dois passariam uns dez dias fora. Larissa estava sozinha em casa. Um apartamento inteiro no centro da cidade para que ela pudesse fazer o que quisesse, e a primeira coisa que pensou em fazer foi me emprestar o quarto por algumas horas para que eu finalmente pudesse transar com meu namorado.

Tudo naquela situação era meio esquisito. Eu conhecia cada canto do quarto da Larissa e já havia passado horas e horas da vida ali dentro, assistindo a filmes, ouvindo música e fazendo testes da Capricho para descobrir qual celebridade seria meu namorado dos sonhos. Eu estava tentando não fantasiar demais com o momento, mas sabia que aquele cômodo apertado com paredes pintadas de lilás e cobertas de pôsteres dos filmes e bandas favoritos da Larissa ganharia um novo significado naquela tarde.

Para Larissa, era só mais uma quinta-feira qualquer.

Era uma quinta. Eu lembro disso. Não recordo a data exata, mas lembro de passar o dia inteiro pensando *"minha nossa, eu vou* TRANSAR *em plena* QUINTA-FEIRA*".*

Larissa terminou a trança no cabelo, pegou uma bolsinha transversal de vinil transparente, jogou o celular, uma nota de dez reais e um brilho labial lá dentro e conferiu o penteado pela última vez no espelho.

— Tá esquecendo alguma coisa? — ela perguntou.

— Acho que não — respondi, meio incerto.

— Camisinha?

— O Otávio tá trazendo.

— Camisinha *extra*, caso você rasgue a primeira sem querer tentando abrir a embalagem com o dente?

— Que específico — falei. — Mas sim. O Otávio comprou um pacote com dez.

— Ótimo. Lubrificante?

Fui pego de surpresa.

— Pra quê? — perguntei, me sentindo um idiota.

— Pra… lubrificar? — Ela olhou para mim como se eu fosse um idiota, formando um círculo com o polegar e o indicador de uma das mãos e enfiando o outro indicador num movimento de vai e vem.

Revirei os olhos.

— Acho que não precisa. A camisinha já vem com lubrificante, não vem? É tipo aqueles xampus que também são condicionador.

Larissa revirou os olhos.

— Meu irmão sempre diz que isso aí não vale de nada. Que precisa de *muito* lubrificante pra fazer anal.

Fiquei vermelho e quis sumir. Mesmo depois de anos de amizade, eu ainda me surpreendia com a naturalidade que Larissa tinha para falar certas coisas. Como a palavra *anal*. Acho que ter um irmão mais velho gay te prepara pra vida. Um privilégio que Larissa talvez nem se desse conta de como era útil.

— Vou lembrar disso na próxima. Por enquanto a gente… dá um jeito — respondi, tentando encerrar o assunto logo.

O interfone tocou.

Larissa saiu correndo para atender e, depois de trocar meia dúzia de palavras com o porteiro, voltou para o quarto.

— Ele tá chegando! — disse ela, literalmente dando pulinhos.

Senti vontade de vomitar. Péssimo sinal quando se está prestes a fazer *sexo anal* pela primeira vez. Percebendo minha ansiedade, Larissa me abraçou sem aviso prévio. Me apertou forte e deu um beijo na minha bochecha.

— Fica tranquilo, Júnior. Vocês estão seguros. Vocês se amam. Não tem como dar errado. Consentimento, diálogo e vontade é tudo de que vocês precisam.

— Mais uma lição que seu irmão te ensinou? — perguntei com um sorriso.

— Não. Li na Capricho do mês passado. Se quiser, tá ali na mesinha de cabeceira. É a que tem a Selena Gomez na capa.

Bzzzzzztttt. A campainha mais barulhenta do mundo tocou. Otávio estava lá fora.

Larissa me puxou até a sala, abriu a porta com um sorriso radiante e, quando olhei para o Otávio, o resto do mundo desapareceu.

Com a mochila pesada nas costas, camisa de uniforme e um buquê de flores nas mãos, ele estava suado e meio ofegante porque o prédio da Larissa não tinha elevador.

— Pra mim? — Larissa disse depois de alguns segundos, já que eu não conseguia abrir a boca. — Não precisava!

Otávio corou ainda mais.

— Não... é que... pode ser...

Larissa riu, puxou Otávio para dentro e, quase como numa dança, foi para fora ao mesmo tempo.

— Eu sei que as flores são pra outra florzinha ali, bobo. Tô indo, viu? — disse ela. E, depois, olhando diretamente para mim: — Qualquer coisa, me liga.

Larissa deu uma piscadinha e foi fechando a porta.

Meio segundo depois, a porta se abriu e ela enfiou a cabeça pela fresta.

— Júnior. Só não esquece de colocar o lençol na máquina depois. Por favor. Beijo. Divirtam-se. Agora tô indo mesmo. Podem tirar a roupa!

Ela saiu batendo a porta de um jeito dramático e dando duas voltas na chave pelo lado de fora. Instintivamente, tateei o bolso para verificar se a chave reserva do apartamento estava comigo — estava — antes de finalmente me virar para o Otávio. Soltei o ar e dei uma risadinha ao mesmo tempo. Meu coração batia forte, e eu tentei decorar o ritmo dos batimentos porque sabia que nunca mais sentiria aquilo, exatamente daquele jeitinho, de novo na vida. Transar pela primeira vez com o cara que te leva flores era um evento único.

Nosso silêncio durou quase um minuto enquanto os dois se desafiavam para ver quem falava primeiro. Os dois com medo de dizer a coisa errada.

— Bom, podemos tirar a roupa, então — Otávio falou, por fim.

E eu ri.

Ele interrompeu minha risada com um beijo, passando os braços ao redor do meu pescoço. O buquê de flores que ele ainda segurava flutuou ao lado da minha cabeça. As folhas fizeram cócegas na minha orelha e o cheiro das flores se misturou com o cheiro do Otávio. Cheiro de aventura.

— Eu trouxe pra você — ele disse, com a boca ainda grudada na minha. Dando um passo para trás, estendeu o presente para mim. Eram flores amarelas e alaranjadas que eu não sabia o nome. Um buquê bonito, e não desses que as pessoas compram para deixar no cemitério. — Não sei se você vai achar brega, mas peguei no meio do caminho, depois de passar na farmácia porque achei que seria meio escroto chegar aqui só com o pacote de camisinhas e mais nada.

— Não precisava! — respondi, levando a mão ao rosto e me sentindo uma camponesa vendedora de queijos sendo cortejada no meio da feira. — Das flores. A camisinha precisava, sim.

Ele riu.

Peguei o buquê e coloquei em cima do piano velho que a mãe da Larissa tinha na sala. O objeto era mais uma mesa de apoio do que um instrumento em si, e estava cheio de contas de luz, molhos de chave, velas aromáticas queimadas pela metade e, por algum motivo, um pacote de absorventes internos.

— Vamos pro quarto — falei, tentando conter o nervosismo.

Otávio segurou minha mão e, durante os oito passos que demos até o quarto da Larissa, tentei satisfazer os oito meses de vontade de andar de mãos dadas na rua com ele.

— Nossa — ele disse assim que entramos no quarto. — Meio injusto eu ter que tirar a roupa na frente desse cara.

Otávio apontou para o pôster do Taylor Lautner sem camisa.

— Ai, para — respondi. — Se te deixa mais seguro, eu não te trocaria por ele.

—Ai, para *você*. Até parece. Se o Jacob descamisado com barriga de tanquinho entra aqui no quarto, você me abandona rapidinho.

— Eu não, hein? Lobisomem dá muito trabalho. Deve encher a casa de pelo.

Otávio riu, tirando a mochila dos ombros e colocando ao pé da cama.

— Bom... — ele começou, meio tímido. — Espero que você não tenha *muito* problema com pelos.

Num movimento brusco, ele tirou a camisa e eu perdi o ar. Eu já havia sentido o corpo do Otávio nas nossas sessões demoradas de pegação no ponto de ônibus abandonado. Já tinha passado a mão por dentro da sua camisa e sabia que ele tinha o peito bem mais peludo do que eu. Mas aquela era a primeira vez que eu o via de verdade. Por inteiro. Sem medo. E era a coisa mais linda do mundo.

Respirando fundo, juntei a coragem com a vontade e tirei a camisa também.

Minha boca estava seca, então lambi os lábios antes de falar.

— É melhor com óculos ou sem óculos? — perguntei, apontando para o meu rosto.

— Sei lá. Não sei se você sabe, mas não tenho muita experiência nisso aqui — Otávio respondeu, apontando para o corpo dele e depois para o meu.

Meu coração acelerou ainda mais.

—Acho que vou com óculos, então. Quero enxergar tudo direitinho pra lembrar depois.

A gente se encarou por um tempão e ele sorriu. Dei um passo para a frente e ele também. No segundo passo, a gente se encontrou. Meu peito encontrou o dele um instante antes das nossas bocas se unirem, e a sensação era de estar numa cadeira elétrica, só que não para morrer. Era um choque que te faz voltar à vida.

Cada terminação nervosa do meu corpo vibrava, e meu coração pulsava de ansiedade porque se *beijar sem camisa* já era bom daquele jeito, imagina o resto!

O resto também foi bom *daquele jeito*.

Eu e o Otávio éramos dois garotos inexperientes, sem muito material disponível a respeito de como fazer sexo com outro garoto pela primeira vez, mas com uma vontade ávida de aprender na prática. No fim das contas, o irmão da Larissa tinha razão. O lubrificante que já vinha na camisinha não servia de nada. Tivemos que nos virar. E nos viramos bem. Ele me virou, eu virei o Otávio, a gente subiu e desceu, trocou de posição até acertar. Paramos para respirar, para rir um pouco, para esticar a perna porque algumas posições davam cãibra. Paramos para conversar, continuamos e experimentamos. Eu me senti à vontade. Me senti livre. Todas as inseguranças que tinham alugado minha cabeça nas semanas anteriores, enquanto eu me olhava pelado no espelho do banheiro e inspecionava cada pedacinho do meu corpo que me causava certa repulsa, desapareciam a cada vez que o Otávio, mais suado e ofegante do que nunca, me olhava no fundo dos olhos e, no meio de um gemido, dizia que eu era lindo. Não eram palavras vazias. Eu *me senti* lindo. O corpo do Otávio em mim fazia com que eu me sentisse valioso, quase sagrado. E, de certa forma, frágil. Vez ou outra um pensamento ruim invadia minha cabeça. A ideia de que toda aquela fragilidade, aquela vulnerabilidade, fosse acabar me arruinando. Nos arruinando. Me esforcei para manter aqueles pensamentos calados, escondidos num canto empoeirado do meu cérebro, esquecidos para que não ganhassem importância no dia mais bonito da minha vida até então.

Acho que não durou uma hora inteira, mas foi quase isso. E, quando finalmente terminamos, os dois suados, exaustos e tomados por uma tontura esquisita e muito boa, caímos com a cabeça no travesseiro, agarradinhos naquela cama de solteiro, e começamos a rir. Olhei para o alto e o Taylor Lautner sem camisa me olhou de volta.

Pra quem nunca tinha feito nada, até que vocês mandaram bem, ele disse na minha cabeça.

Junto com o primeiro sexo, veio o primeiro pós-sexo. Um momento bem mais constrangedor e bem menos eufórico.

— Eu acho que a gente precisa tomar um banho, né? — Otávio disse, quebrando o silêncio.

— A Larissa disse que tem toalhas na segunda porta de cima do armário — respondi, apontando para o alto e me sentindo útil.

Otávio se levantou num pulo e eu observei o corpo nu dele se movimentando pelo quarto. Com a maior naturalidade, ele deu um nó na camisinha usada e guardou dentro de uma sacola de plástico com o logo da farmácia. A visão era, ao mesmo tempo, assustadora e deslumbrante. Ele esticou os braços para cima, tirou duas toalhas de dentro do armário e jogou uma para mim. Não tive o reflexo necessário para pegá-la no ar porque meu corpo ainda parecia feito de gelatina, e acabei sentindo a pressão do tecido áspero batendo no meu rosto.

— Desculpa! — Otávio disse de prontidão.

Eu ri.

— Tudo bem, tudo bem.

Quando tirei a toalha de cima do rosto, ele estava de pé na minha frente, estendendo a mão para me ajudar a levantar.

— Vem comigo?

Gelei ao ouvir o convite.

Em tese, era uma pergunta retórica. Àquela altura eu já tinha a certeza de que, toda vez que o Otávio me perguntasse "vem comigo?", eu iria. Eu diria sim. Mas, por algum motivo besta que a minha cabecinha embaralhada não conseguia desenvolver, a ideia de *tomar banho* junto me parecia íntima demais. Mesmo depois de tudo o que tínhamos feito sob o olhar implacável de um lobisomem fictício.

Além do mais, eu precisaria limpar partes do meu corpo que não queria ser visto limpando. Precisava de um momento a sós para processar tudo o que havia acontecido sem ter que me preocupar com o ato performático que vinha de brinde com ficar pelado na frente do meu namorado.

— Pode ir na frente? Acho que... sei lá. — Tentei escolher as palavras. — Eu preciso de... um tempinho pra me... recuperar.

Olhei para baixo e cobri o corpo com a toalha porque não queria descobrir se Otávio estava desapontado comigo ou não.

Ele se aproximou, tocou meu queixo e levantou minha cabeça.

— Ei. — Sorriu. — De boa, tá?

E eu senti que ele estava *realmente* de boa.

Otávio fez biquinho e deu um beijo estalado e barulhento nos meus lábios antes de se virar, jogar a toalha sobre os ombros e sair rumo ao banheiro. Só consegui respirar de novo quando escutei o barulho do chuveiro.

Sozinho no quarto, os pensamentos assustadores chegaram para fazer a festa. Não me sentia culpado, de forma alguma. Eu me sentia *melhor*. Mas uma sensação de premonição se espalhava pelo meu peito, como uma mancha de petróleo na água, ganhando formas fantasmagóricas e transformando tudo o que era translúcido em escuridão. Era a sensação de que algo ruim iria acontecer porque eu não *merecia* ser feliz daquele jeito.

O som do chuveiro desligando minutos depois me tirou daquele transe esquisito.

Me levantei bruscamente, enrolei a toalha na cintura e fui para o banheiro, onde Otávio terminava de se secar. Liberando o cômodo para mim, ele me deu mais um daqueles beijos estalados. Um beijo rotineiro de quem não precisa fazer cada contato valer a pena. De quem tem tempo para jogar beijos por aí porque em algum lugar existe a garantia de que, de onde saiu aquele, tem muito mais. Seria fácil me acostumar com aquela sensação, mas seria devastador perdê-la de uma hora para outra.

O banho ajudou a desanuviar minha cabeça. A água morna caindo sobre o meu corpo acalmou minha pele e colocou um sorriso no meu rosto. A prateleira dentro do box tinha um bilhão de frascos diferentes e, sem óculos, eu não conseguia ler as embalagens para saber o que era o quê. Abri um frasco por vez, aproximando as embalagens do nariz até escolher o mais cheiroso, porque queria que Otávio percebesse meu esforço.

Quando terminei o banho e o chiado do chuveiro elétrico parou, ele foi substituído por um som abafado vindo da sala. Música.

Me sequei rápido, vesti uma roupa limpa e, quando cheguei na origem do som, encontrei Otávio só de cueca, sentado em frente ao piano da família da Larissa.

Mesmo tendo acabado de fazer sexo com ele pela primeira vez, de ter terminado todo suado em cima dele numa posição em que Otávio conseguia enxergar *cada* pedacinho de mim (juro), nunca me senti tão íntimo do meu namorado quanto naquele momento, quando o encontrei de cueca tocando música depois do banho.

— Alguém toca isso aqui? — ele perguntou, percebendo minha presença. — Tá todo desafinado.

— Nossa! — respondi, fingindo surpresa. — Não sabia que essa mesinha de canto tinha *teclas*.

Otávio riu, apertando uma sequência de acordes algumas vezes como se esperasse um resultado diferente.

— Mas, falando sério — eu disse, me aproximando e repousando as mãos em cima do ombro dele, cheio de sardas alaranjadas. — Acho que esse piano é da avó da Larissa, que trouxe pra cá no século passado, mudou de apartamento e nunca mandou virem buscar porque precisaria contratar uma empresa de guindastes para tirar esse troço enorme pela janela. Daí ele foi ficando aqui, virando porta-objetos até aparecer um menino lindo que de fato sabe tocar.

Dei um beijo no topo da cabeça dele, o que, junto com a coisa toda do Otávio De Cueca No Piano, adicionava uma outra camada de intimidade à situação.

— Eu odeio te decepcionar, mas você sabe que eu não sou *bom*, né? — disse ele, com o rosto vermelho, apontando para as teclas amareladas.

— Duvido.

— Num piano desafinado talvez eu seja *pior ainda* — insistiu.

— Deixa de ser bobo — insisti. — Toca pra mim.

Ele jogou a cabeça para trás, me olhando de baixo pra cima e segurando o riso. Levei uns dois segundos para perceber do que ele queria rir.

— Uma *música* — bufei, revirando os olhos, mas também querendo rir. — Toca *uma música* pra mim.

Otávio respirou fundo. O peito peludo inflando e esvaziando enquanto ele estalava os dedos, se dando por vencido.

— Tá bom. O que você quer ouvir?

— Sei lá, qualquer coisa bonita, romântica e que tenha letra, porque se você tocar alguma sinfonia de qualquer coisa eu vou ter que ficar *sentindo* a melodia e não vou saber opinar depois.

Otávio deu três pancadas fortes e melódicas no piano — *tam tam taaam* — e eu saltei de susto. Ele riu.

— Você está muito exigente.

— Tô nada. Só queria que esse fosse um momento… — Fiz cafuné nele, escolhendo uma palavra que fosse forte o bastante para mostrar que eu estava feliz, mas não tanto para que ele se sentisse pressionado. — Inesquecível? — Otávio estremeceu, e percebi que eu tinha escolhido a palavra errada. — Não, não! Não precisa ser *inesquecível*. Pode ser apenas… memorável.

Ele tentou estalar os dedos de novo, mas não saiu som nenhum. Otávio estava ficando tenso.

— E qual a diferença? — perguntou, encarando as teclas do piano.

— Inesquecível é impossível esquecer. Memorável é gostoso de lembrar — eu disse sem pensar muito, mas acabei ficando satisfeito com a resposta.

Otávio pareceu satisfeito também.

— Gostoso de lembrar… — ele murmurou tão baixinho que quase não ouvi. — Tá bom, deixa eu tentar.

Ele tocou duas notas e parou de novo.

— Só reforçando que eu posso até saber tocar piano, mas não *canto bem,* ok?

— Tá, tá, tá. Entendi.

— Só estou te preparando para o pior, meu lindo. Para você não sair fugido e me deixar aqui sozinho de cueca.

Engoli em seco. O lembrete de que eu estava ali com o meu namorado só de cueca, vivendo uma das tardes mais bonitas da minha vida, fazia minhas entranhas virarem do avesso de um jeito bom, ruim, esquisito, gostoso e aterrorizante ao mesmo tempo. Eu não queria pensar demais. Não queria que a magia acabasse.

Molhando os lábios, apoiei a minha cabeça no ombro dele, assimilei o fato de que eu me encaixava perfeitamente no Otávio, como se fôssemos dois brinquedos que não podiam ser vendidos separadamente, e sussurrei:

— Eu nunca vou fugir de você.

Na hora eu estava falando sério, mas depois descobri que era mentira. Sem enxergar outra saída, eu fugiria, sim.

Tranquilizado pelas minhas palavras, Otávio arrastou a bunda um pouquinho para o lado, abrindo espaço para mim. Entendi a deixa e me sentei ao lado dele. Nossos corpos se encostaram de leve. Minha pele geladinha contra a dele, já quente. Abrindo um sorriso sem olhar para mim, ele repousou os dedos sobre as teclas e recomeçou, tocando as mesmas duas notas de novo, só que, desta vez, continuando a música.

O som me era familiar, mas eu não arriscaria chutar a música só pela introdução longa. Prestei atenção nos dedos do Otávio, flutuando sobre as teclas com uma certa hesitação. Dava para ver que ele estava nervoso. Mesmo para alguém como eu, que tinha a mesma noção musical de um tomate cereja, era notável que o piano velho na sala da Larissa estava desafinado.

Otávio seguiu tocando, encarando a situação com mais seriedade do que precisava. Empenhado em me dar o fim de tarde memorável que eu tinha pedido. Fazendo uma pausa de um segundinho ou dois, ele finalmente começou a cantar.

— *Pra que mentir... fingir que perdoou...*

Reconheci as primeiras frases de "Codinome Beija-Flor", do Cazuza, mas não me atrevi a cantar junto porque não sabia a letra toda. Só escutei e senti o corpo do Otávio vibrando ao lado do meu.

— *A nossa música nunca mais...* — Ele fez uma pausa. Errou uma nota e voltou. Fechei os olhos para que não se sentisse sendo observado. — *Nunca mais... tocou...*

Sem precisar olhar para o lado, consegui sentir a voz do Otávio embargando. Ele não estava nervoso por tocar piano na minha frente pela primeira vez. Ele parecia quase... melancólico?

Respirei fundo e tentei me manter presente. Ouvindo cada palavra que saía dele com aquela voz hesitante. Só então me dei conta de como aquela música era triste pra caramba.

— *Não responda nunca, meu amor...* — ele cantou baixinho. — *Nunca... Pra qualquer um na rua, beija-flor...*

As notas foram morrendo, ficando mais espaçadas, enquanto meu cérebro assimilava o que eu havia acabado de ouvir. Era uma música bonita, claro, mas cada palavra parecia carregar tanta mágoa. Eu não sabia por que Otávio tinha escolhido tocar *aquela música* para mim. Não sabia se eu era o beija-flor, ou se era ele. Quem estava desperdiçando o mel de quem? O mel era mel mesmo, ou era *outro tipo* de mel?

Tudo parecia uma metáfora para sexo que eu não entendia muito bem pois, até aquele momento, eu havia feito sexo uma vez. Vinte minutos antes.

Abri o olho no que me pareceu ser a última nota. Mas não era.

TAM. TAM. TAAAM.

Otávio macetou as teclas. Olhei para o lado e percebi um ar quase transtornado no olhar dele.

— *E só eu que podia...* — E olhou para mim. — *Dentro da sua orelha* FRIA. — Ele continuou com muita intensidade. Por instinto, levei a mão à minha orelha. Era fria? Ele nunca tinha comentado nada. Me senti inseguro. Não sabia se era bom ou ruim ter uma orelha fria. — *Dizer segredos de liqui-dificadoooooooor!*

A conclusão absurda do verso me deu vontade de rir, mas fechei a boca com força e segurei a gargalhada. Otávio percebeu. Diferente de mim, ele não conseguiu segurar. Começou a rir e a tocar uma melodia caótica até que, num floreio, levou as mãos ao peito e abaixou a cabeça, esperando os meus aplausos.

Aplaudi entre uma risada e outra. Agradeci com um beijo.

Contra a boca dele, sussurrei:

— Que porra é essa de *segredos de liquidificador*?

Sem hesitar, Otávio segurou meu rosto e olhou bem no fundo dos meus olhos, como se estivesse só esperando a hora de responder aquela pergunta em específico.

— Eu vi uma entrevista do Cazuza em que ele explica. É, tipo isso, olha... — Ele virou minha cabeça de lado, aproximando a língua da minha orelha. — Com licença — pediu antes de colocar a língua para fora e lamber minha orelha toda, fazendo um barulho chiado, e o estalo da saliva cobrindo meu ouvido causava arrepios, mas, ao mesmo tempo, faziam cócegas.

Shssashhswhaheeaaerhasshhh.

Me encolhi todinho e comecei a rir.

— Gostou? — perguntou, me soltando.

— Dos segredos de liquidificador? — rebati, com a barriga doendo um pouco de tanto rir.

— Também.

— Eu gostei de tudo.

— Até da minha voz cantando?

— Já ouvi piores.

— Vou aceitar como um elogio.

Eu queria perguntar por que ele tinha escolhido *aquela* música. Queria questionar tudo. Ir, verso por verso, perguntando o que aquilo queria dizer, quem eu era na história da vida dele. Mas me segurei. Porque o sol começou a se por atrás do prédio que ficava de frente para a janela da Larissa e, num piscar de olhos, a sala toda ficou laranja. A pele de Otávio ficou tão radiante que ele parecia feito de fogo. A lente dos meus óculos refletia na bochecha dele, e tudo ganhou um aspecto meio mágico. Mais parecia um sonho. E não vale a pena estragar um sonho bom com perguntas objetivas sobre a vida real.

Eu queria que aquele fosse um momento memorável. E acabou sendo inesquecível também.

AGORA

Não lembro quando foi a última vez que Otávio de fato me contou segredos de liquidificador, mas no momento em que repete o barulho, do jeito como só ele sabe fazer, meu cérebro desbloqueia todas as lembranças daquela tarde e sou tomado por uma sensação difícil de descrever. Uma mistura de nostalgia com inocência. Dentro deste ônibus interestadual lotado, volto a ser um garoto. Só que de um jeito bom. Só as partes boas vêm à tona. Só o potencial de um futuro bom. O medo, a insegurança e a ingenuidade continuam lá fora.

É um sentimento perigoso que me assusta, mas, ao mesmo tempo, me enche de coragem para confrontar o passado.

— Por que você escolheu aquela música pra tocar pra mim? — pergunto bem baixinho.

Otávio engole em seco e fica pensativo.

Estamos deitados nas nossas poltronas inclinadas para trás num ângulo risível que a companhia de ônibus tem a coragem de chamar de "semileito". Meu rosto está virado de frente para o dele. Tudo que enxergo é o nariz enorme de Otávio e, por trás das lentes antirreflexo dos óculos, seus olhos verdes também parecem cheios de nostalgia. Me pergunto o que ele enxerga nos meus olhos. Por trás das minhas lentes, que não são antirreflexo e estão cheias de marcas de dedo.

Finalmente, ele solta uma risadinha frouxa.

— A resposta é bem ridícula, na real.

— Eu aceito respostas ridículas.

— "Codinome Beija-Flor" era a música mais recente que minha professora de piano tinha me ensinado. Acho que ela já sabia que eu era... gay. Quis passar algo gay para mim, na tentativa de mostrar que me apoiava e me entendia. — Os olhos dele ficam marejados, pouco a pouco tomados pelo que me parece ser um chorinho bom. — Eu só fui me dar conta disso anos depois. De que ela me entendia.

Penso na professora Aline e meu cérebro viaja, imaginando todas as professoras que nos "entendiam" numa cidade tão pequena como Nova Friburgo. Deve haver mais hoje em dia. Espero que existam mais.

— Mesmo assim — Otávio continua —, eu demorei muito para entender que aquela música falava de um relacionamento todo fodido. Na minha cabeça, "beija-flor" era tipo um apelido fofo, sei lá. Tipo quando eu te chamava de... — Ele hesita. Finge que não se lembra, mas eu sei que lembra.

— Dengo — completo. — Ou vida. Sempre odiei *vida*. Achava pesado demais.

Otávio sorri.

— Desculpa.

Eu sorrio de volta.

— Não precisa se desculpar por nada. Não mais. A gente tem outra cabeça agora. Somos adultos. — A palavra soa meio amarga na minha boca. À beira dos trinta anos, ainda não me sinto Adulto de Verdade. Muito pelo contrário. Quanto mais este ônibus avança pela estrada e se aproxima da cidade onde nasci, menor eu me sinto. Mas não quero lidar com este sentimento agora. Melhor mudar de assunto.

— Quer saber uma burrice *minha*, que eu só fui perceber anos depois?

— É uma burrice mais burra do que decidir cantar uma música sobre um relacionamento possessivo e rancoroso logo depois da nossa primeira vez? — ele pergunta.

— Vou te deixar decidir… — Arqueio as sobrancelhas, fazendo cara de mistério. — Mas, tipo, só recentemente, há uns dois, três anos, que eu percebi que seu nick no bate-papo era Beethoven16 por causa do pianista.

Otávio abre a boca em choque, e sinto o hálito quente dele atingir meu rosto.

— Não acredito.

— Juro! Eu achava que era por causa do…

— Não diz "filme do cachorro", não diz "filme do cachorro" — ele sussurra.

— Filme do cachorro! — completo, um pouco envergonhado.

Otávio cobre a boca com a mão para segurar a risada.

— Mentira!

— Juro! E eu me dei conta, assim, do nada! Estava lavando louça um dia, a casa estava silenciosa, daí eu gritei alguma coisa do tipo "Alexa, toque uma música pra relaxar" e ela respondeu, tipo — pigarreio, tentando imitar uma voz de Alexa —, *tocando Sinfonia Número Num Sei Que Lá de Ludwig van Beethoven*. Daí quando começou o piano eu me dei conta. De que você não era o cachorro do filme.

Otávio me encara, ainda em choque, com um sorriso que me cobre todinho, como um cobertor macio que acabou de sair da máquina de lavar e ainda está com cheiro de limpo.

— Que honra ser lembrado por você durante uma atividade tão nobre quanto *lavar a louça.*

— Coisa que eu aposto que você nunca faz — rebato.

— Calúnias.

Ajusto a postura para deixar meu corpo completamente virado para ele.

— Otávio — digo, com a expressão séria. — Olha aqui, *no fundo do meu olho,* e me diz que você não tem uma lava-louças.

Ele me olha. Eu me reviro inteiro por dentro. Ele começa a rir, incapaz de me dizer que não tem uma lava-louças.

— *Eu sabia!* — exclamo, dando um tapa na mão dele.

Um tapa de leve. Nem chega a ser um tapa. É quase um carinho, na verdade. Um carinho que demora mais tempo do que deveria, dado as circunstâncias.

— Em minha defesa, eu também já lembrei de você enquanto *abastecia* a lava-louças, tá bom? — ele diz, sem interromper o toque das nossas mãos.

— Ah, é? Lembrou do quê? — pergunto. Minha voz sai com um tom meio hesitante, quase como se eu *não quisesse* saber da maneira como Otávio se lembra de nós dois.

— Ah, sei lá. De coisas. No geral. — Ele quebra o contato visual, mas não tira a mão de debaixo da minha. — Vez ou outra eu lembro de algumas coisas. Percebo que a gente teve sorte, sabe? Naquela época não era fácil encontrar alguém… — Ele pausa, então escolhe outra palavra. — Um *namorado.* Um cara legal. Para viver o que a gente viveu. Eu tenho outros amigos gays que também cresceram em cidades pequenas e só foram namorar pela primeira vez depois dos vinte e tantos. A gente experimentou um romancezinho adolescente que estava muito a frente do nosso tempo. Porra,

Júnior, quando eu paro para pensar, percebo que a gente foi muito corajoso!

Respiro fundo e sinto as palavras dele rodopiando no meu cérebro, como se tentassem se reorganizar de um jeito que fizesse sentido para mim. Porque, quando lembro de nós dois, penso em *qualquer coisa*, menos "corajosos".

Otávio parece perceber a confusão tomando conta do meu rosto.

— Você não acha?

— *Corajosos*? Não sei... — Paro e penso por um instante. — Às vezes acho que eu poderia ter... sei lá, lutado mais. Por nós dois.

Ele assente, também pensativo.

— Eu entendo. Já pensei nisso também. Com o tempo fui entendendo que, na maior parte das vezes, lutei com as armas que tinha, do jeito que dava. E, sabe, eu e você com dezesseis anos numa cidade com a mente *tão* pequena... era difícil lutar, não acha? Dois garotos enfrentando um monstro de sete cabeças com duas espadinhas de papelão.

Uma risadinha escapa da minha boca ao criar a imagem na cabeça. Otávio e eu pequenininhos de tudo, encurralados naquele ponto de ônibus abandonado, juntando coragem para enfrentar nossos medos com as armas mais inofensivas do mundo. A imagem muda na minha mente, e eu me vejo como sou agora, crescido, cansado e encarando o mundo com a mesma espada de papelão. Como se tivesse perdido a chance de trocar de espada e, bom, é isso que me restou.

É algo que não consigo verbalizar. Não quero que Otávio sinta pena de mim. Não quero que ele me conte sobre o arsenal que carrega hoje em dia para enfrentar o mundo. Sobre sua espada afiada, um machado de prata, uma flecha com

fogo na ponta ou o que quer que seja o equivalente arma-
mentista de alguém que vive a vida com uma carreira estável,
uma família normal, um pai vivo e uma lava-louças.

— Vou pensar nisso, tá bom? — prometo. — Tentar olhar
pra trás sem me cobrar tanto. Até porque não tem muito que
eu possa fazer, né? O que passou, passou.

— E eu não me arrependo de nada — Otávio afirma com
uma confiança que chega a me assustar um pouco.

— Sabe… — digo. — Eu me arrependo de *uma* coisinha
besta. Me arrependo de não ter tomado banho com você naquele dia.

Otávio ri.

— A gente não tomou banho junto? Eu não lembrava!

— Não! Eu não quis! Achava íntimo demais — explico,
debochando de mim mesmo. — Transformei isso numa *coisa
importante* e acabei carregando esse peso a vida toda. Porque
queria que fosse especial. Tratei quase como minha segunda
virgindade. — Digo a última frase bem baixinho, porque não
quero que ninguém no ônibus escute e também porque me
sinto patético.

Ele se mexe e só então percebo que a mão dele continua
embaixo da minha. Por reflexo, recolho o braço, mas ele me
segura com delicadeza e retoma o toque, invertendo as posições dessa vez. Ele por cima e eu por baixo. Otávio me olha
como se aquilo tudo fosse importante. Como se decidir com
quem eu vou tomar banho junto pela primeira vez realmente
fosse a questão mais importante de todas. Como quem não
me acha patético.

— E foi especial? — ele pergunta.

— Foi? — A afirmação sai como uma pergunta. — Foi,
sim. Acho que foi legal. Foi normal, eu acho. Foi *ano passado*.

Otávio sorri.

— Que bonitinho você esperando *vinte e nove anos* para tomar banho com outro homem — ele brinca.

— Mas eu fiz *todo tipo de barbaridade* antes, ok? Não sou santo — respondo sorrindo.

Otávio cerra os olhos e abre um sorriso safado. Fico fascinado com a facilidade que ele tem de transitar entre honestidade, sensibilidade e safadeza sem parecer em nenhum momento que está interpretando um papel mal escrito. Queria ser assim.

— Vou querer saber das barbaridades depois — diz ele, molhando os lábios com a ponta da língua tão rápido que, se eu tivesse piscado, não teria percebido. — *Mas* quero saber do primeiro banho antes. Me conta.

Respiro fundo e olho em volta. O ônibus continua feio e sufocante. A janela continua mostrando o ciclo infinito de estrada, mato e mais carros. O relógio mostra que temos, pelo menos, mais seis horas de viagem pela frente. Não tenho muito para onde fugir, nem coisa melhor para fazer. Expor minha vida sexual para o meu ex a caminho do velório do meu pai parece uma ideia razoável.

— Tá bom. Foi com um professor de *spinning*.

— *Spinning?*

— É. Tipo aquelas aulas de bicicleta dentro de uma sala escura com música eletrônica alta, todo mundo suando e pedalando junto, sabe?

— Você acabou de descrever meu maior pesadelo. — Ele ri.

— Olha, se você já for começar me julgando, eu nem conto o resto, viu?

— Não! — Otávio protesta. — Peraí, peraí!

Ele solta minha mão, abre a pochete que está enfiada no vão entre o assento e o recosto de braço e tira de lá um pacote daquelas balinhas de gelatina em formato de urso.

— Quer bala? — oferece, estendendo o doce na minha direção.

Aceito, e coloco um ursinho vermelho na boca para fazer companhia ao pão de queijo horrível que eu tinha comido mais cedo, minha única refeição do dia.

— Enfim, meu professor de *spinning* se chamava Júnior também, e ele era ridículo de tão gostoso — começo.

Otávio enfia mais dois ursinhos de gelatina entre os lábios e abre um sorrisão.

— Já vi que a história vai ser boa — diz, mastigando de boca aberta.

Quase peço para que ele não crie expectativas para uma história que, assim como a minha vida sexual de maneira geral, é bem mais ou menos. Mas a empolgação dele, os olhos verdes arregalados e os pobres ursinhos dilacerados em seus dentes me dão vontade de continuar.

Contar histórias é o que eu sempre quis fazer da vida. Hora de praticar um pouco.

MAIS OU MENOS UM ANO E TRÊS MESES ANTES, QUANDO SAÍ COM MEU PROFESSOR DE *SPINNING*

Eu estava pingando de suor e minha bunda doía muito.

Era o fim da minha primeira aula de *spinning*. Ideia do Cristiano. Ele estava obcecado na época e sempre chegava em casa empolgado depois de passar uma hora inteira pedalando numa bicicleta ergométrica dentro de uma sala escura enquanto ouvia gritos de incentivo de um professor desproporcionalmente animado. Ele insistiu que eu fizesse uma aula teste e, quando vi o instrutor, entendi por que ele gostava tanto.

Júnior, o professor da aula de bike, era um homem bonito na medida certa, do tipo que chama a atenção, mas não chega a parecer um cara gerado por inteligência artificial. Tinha a pele bronzeada de quem acabou de voltar de férias, o cabelo castanho-claro ondulado, ombros da largura de uma porta de casa de rico, braços e pernas definidos, uma bunda esculpida que parecia querer se libertar do short curtinho a qualquer custo e provavelmente um metro e sessenta de altura. Baixinho e parrudinho do jeito que eu gostava.

(De *um* dos jeitos que eu gostava. Meu gosto para homens sempre foi bem amplo. Também curtia os altos e gordinhos, os médios e magrelinhos, os esquisitos e traumatizadinhos. Era só me dar meia hora de atenção que eu me entregava fácil.)

Durante a aula, Júnior foi atencioso comigo. Me explicou como funcionava o esquema, perguntou se eu estava gostando, me incentivou durante uma música em que eu tinha conseguido pedalar no mesmo ritmo que o resto da sala por um minuto inteiro e me abordou quando a aula terminou.

— Gostou? — ele perguntou, com um sorriso de quem não acabou de passar uma hora inteira com os batimentos cardíacos a quase 180.

— Curti — respondi ofegante, esfregando a toalha na testa para secar o suor. Meus óculos estavam embaçados e eu não sentia as pernas direito. Era como se aquela aula tivesse limitado todas as minhas percepções sensoriais de propósito para que eu me sentisse grato por sair vivo dali.

— Eu não falei que ia trazer meu amigo? — disse Cristiano, se aproximando da gente.

Ele estava igualmente suado, mas de um jeito sedutor, e não como uma barra de chocolate esquecida por três dias no porta-luvas do carro, que era como eu me sentia.

— Ah, você é o amigo do Cris? — perguntou Júnior, o professor de *spinning*.

— Aham — respondi, balançando a cabeça exageradamente. Ainda não me sentia pronto para dizer mais de uma palavra por vez. Ficamos num silêncio esquisito. Senti que os dois estavam esperando que eu oferecesse *mais* para a conversa. — Prazer, Júnior.

— Ah, que legal! Eu também sou Júnior! — o professor respondeu. — Teu nome também é feio?

Demorei dois segundos pra entender.

— Não — respondi por fim. — É João Paulo. Não é *bonito*. Acho normal, sei lá.

Júnior, o professor de *spinning*, ficou sem graça.

— Foi mal. É que a maioria dos Júniors só usam o Júnior porque roubaram um nome feio do pai. É o meu caso. Eu tenho nome feio. Se me chamasse João Paulo, estaria feliz da vida.

Eu ri.

Sempre me apresentei como Júnior para todo mundo porque era assim que me chamavam desde criança. O João Paulo da casa sempre foi meu pai. Era *prático* me chamar de Júnior. Para ninguém se confundir e tal. Durante o colégio eu tinha tentado emplacar JP como apelido, mas não pegou porque eu não tinha muitos amigos. Então, só fui deixando assim. Cresci sendo um mini-meu-pai e nunca havia me ligado na possibilidade de me apresentar de um jeito diferente para quem ainda não me conhecia. Era como se João Paulo fosse meu nome oculto, reservado apenas para a gerente do banco que me ligava a cada três meses oferecendo empréstimo. Empréstimo esse que, naquela época, eu estava a um passo de aceitar.

— Poxa, legal — falei, empurrando a crise de identidade para longe com o pouco de força mental que me restava. — Vamos indo nessa? — perguntei, olhando para Cristiano. Ele assentiu, jogando a toalha suada sobre os ombros.

— Aparece mais vezes! — Júnior, o professor de *spinning*, anunciou, e eu juro que o peitoral dele se mexeu no ritmo da frase.

— Com certeza — respondi, com total convicção de que eu nunca mais pisaria naquele lugar.

De banho tomado e usando roupas secas, eu e Cristiano saímos do estúdio de bike e fomos caminhando para casa. Era finalzinho de verão, e a brisa da noite refrescava a cidade que tinha passado o dia inteiro fritando no calor.

— Você reparou que ele estava te dando mole, né? — Cris disse, tirando um drops de menta do bolso e me oferecendo. Aceitei.

— Quem? Júnior, o professor de *spinning*? — perguntei.

AGORA

— **Você pode parar de** chamar o cara de Júnior-o-professor-
-de-spinning — diz Otávio. — Pelo contexto, dá pra saber
que você tá falando dele e não de você mesmo.

— Tá bom, desculpa.

MAIS OU MENOS UM ANO E TRÊS MESES ANTES, QUANDO SAÍ COM MEU PROFESSOR DE *SPINNING*

— **Quem? O Júnior?** — perguntei, meio distraído.

— Óbvio. Faltava ele *lamber* o suor do seu corpo todo — Cris respondeu, colocando a língua pra fora.

— Que exagero. Ele só estava sendo educado porque eu sou aluno novo.

— Claro que não! — Cris rebateu, revoltado demais para uma situação como aquela. — Eu já fiz umas trezentas aulas com ele. O Júnior trata os alunos novos muito bem, mas nunca dá essa atenção toda. Ele estava *mexendo os peitos* na sua direção! Parecia um pavão querendo acasalar!

— Ahá! — gritei, empolgado demais para uma situação como aquela. — Achei que eu tinha *imaginado* os peitos dele pulando! Que estava tonto por causa da aula, sei lá.

— Segue ele no Instagram! — Cris sugeriu. — E dá like em umas duas fotos de rosto, duas de paisagem e *uma* de corpo.

— A ABNT do romance. Ninguém mais segue essas regras, Cris. Puta clichê.

— Clichê só é clichê porque *funciona*.

— Eu não vou fazer isso. É coisa de gay desesperado — insisti como se eu não fosse, de fato, um gay desesperado.

— Vai, sim. E faz agora. Não deixa pra fazer de madrugada pra ele não achar que você tá batendo punheta vendo o Instagram dele.

— *Pelo amor de deus, quem faz isso???* — perguntei na maior falsidade, porque eu já tinha feito mais vezes do que tinha coragem de admitir.

Cristiano inclinou a cabeça para o lado e levantou os braços, como se estivesse desistindo de mim. Eu não o culpei. Por muito menos, eu já teria desistido de mim também.

— Tá bom — cedi, me dando por vencido e tirando o celular do bolso. — Qual é o arroba dele?

Os desdobramentos da minha breve história com o Júnior seguiram o padrão de sempre nas Histórias de Amor Gays. Ele me seguiu de volta. Curtiu umas fotos aleatórias minhas. Dois dias depois, reagiu a um story meu com aquele emoji de olhinhos de coração. Dei like na reação e não falei nada. Na mesma tarde, reagi com foguinho a um story dele que nem era tão digno de foguinho assim (ele estava vestido). Ele respondeu com emoji de diabinho roxo e também não mandou mais nada. No dia seguinte, postei um story de um pão na chapa (meio feio) e ele comentou "que delícia! Onde fica?" e eu respondi que era uma padaria perto de casa. Ele respondeu com três emojis de linguinha para fora. A situação começou a me irritar porque éramos dois adultos nos comunicando através de símbolos, como os egípcios faziam. A interação permaneceu a mesma por uma semana inteira, e meu medo era ter que fazer *outra aula de spinning* só para manter o contato com Júnior. A ideia me dava calafrios. Eu precisava tomar uma atitude.

E foi por isso que, numa noite aleatória de quarta-feira (quartas-feiras são as piores), mandei mensagem para ele do nada. "Tô à toa. Quer fazer alguma coisa?", e em menos de dois minutos ele respondeu "quer colar aqui em casa pra ver um filme?". Depois de superar o fato de que "colar aqui em casa" era uma construção frasal meio hétero e lidar com a realidade de que aquilo, de certa forma, me atraía, pedi o endereço, peguei um Uber e fui.

Júnior morava numa quitinete minúscula no centro de São Paulo. Já eram dez da noite e, nos três passos que dei entre a porta do carro e a portaria do prédio, achei que seria assaltado duas vezes.

— Que bom que você veio! — Júnior disse ao abrir a porta.

Ele estava de bermuda de moletom cinza, regata canelada preta e meias brancas. Uniforme de puto.

— Obrigado por me convidar — respondi.

Eu estava de calça jeans, camisa de botão estampada e Vans de cano alto, como se estivesse escolhido *de propósito* a roupa mais difícil de tirar.

O apartamento dele era todo arrumadinho. Não era *decorado,* mas parecia uma casa bem vivida, onde uma pessoa comum dormia, fazia refeições e recebia os amigos. Era tudo um cômodo só. A cozinha aberta ficava de frente para a sala e, no canto, havia uma cama de casal cheia de almofadas encostada na janela, que, já que ele não tinha ar-condicionado, estava aberta, mostrando o mar de prédios antigos do centro. A iluminação era indireta. Só uma luminária acesa ao lado da cama e a luz da TV, que estava na tela inicial da Netflix.

Em cima da bancada da cozinha, havia um pano de prato decorado, e não era daqueles irônicos com desenhos fofos e frases tipo "Que Deus te guarde e esqueça onde". Era um pano de prato de mãe, com o desenho de um patinho amarelo usando galochas e um babado de crochê na borda.

Por algum motivo, aquilo fez com que eu me sentisse seguro. Como se o dono de um pano de pratos daquele tipo fosse incapaz de fazer algo de ruim comigo.

— Fica à vontade! Vou fazer uma pipoca — Júnior anunciou.

Ele iria levar a encenação de "ver um filme" adiante por um tempo, só para não ficar na cara que tinha me chamado apenas para transar. Achei fofo.

Demorei uns dois minutos e meio para tirar os tênis e abrir o primeiro botão da camisa. Era o máximo de "confortável" que dava para ficar sem tirar a roupa toda.

No fim das contas, não foi encenação. A gente viu *mesmo* um filme. Ele deu play e eu não consegui achar o momento ideal para interromper aquela palhaçada. Era um lançamento de ação da Netflix com um título genérico tipo *Carga Explosiva Mortal e Vingativa* em que o Jason Statham passava (juro) duas horas e vinte e sete minutos correndo, suando a careca e desarmando uma quantidade descabida de bombas.

Júnior não entendia meu senso de humor. Fiz comentários engraçadinhos durante o filme inteiro e ele não riu nenhuma vez. (Não era culpa dele, já que meus comentários engraçadinhos se limitavam a falar "eu" toda vez que uma loira bonita de vestido justo e batom vermelho aparecia andando em câmera lenta enquanto carregava uma maleta cheia de dinheiro.) (Surpreendentemente, essa cena aconteceu *três vezes*.)

Decidi durante o filme que, mesmo se a gente acabasse transando naquela noite (transamos), eu não alimentaria expectativas de *namorar* o Júnior (alimentei, e já estava achando fofo o fato de sermos Júnior & Júnior), porque para namorar comigo precisava ter senso de humor (não precisava).

Quando a tortura psicológica em forma de filme de streaming acabou, me espreguicei e tentei arrancar um pedaço de milho do dente de trás usando apenas a língua. Sem sucesso.

— Gostou do filme? — perguntei, na maior inocência.

— Gostei *disso aqui* — Júnior respondeu e, do nada, pegou no meu pau por cima da calça jeans.

Fiquei duro no mesmo instante porque naquela noite meu ansiolítico tinha me dado a *permissão* de ter libido. Ele percebeu de imediato e me encarou com um olhar faminto. Embaixo da calça jeans apertada, meu pau parecia maior do que de fato era. Meu coração acelerou e minha mente começou a projetar pensamentos horríveis porque fiquei com medo de frustrar o Júnior. Acho que, quando decidiu não afetar minha libido, o ansiolítico esqueceu de trabalhar na parte do meu cérebro que fica ansiosa durante interações sexuais e manda sinais para o meu corpo avisando que eu não sou bom em nada e que teria sido melhor ficar em casa para evitar decepcionar os outros e a mim mesmo.

Eu não queria cair naquela espiral de pensamentos. Fechei os olhos, respirei fundo, mordi o lábio e mexi a cabeça lentamente na direção da minha virilha. Que no Imagem & Ação do sexo gay significa "uma mamada, por favor". Por sorte, Júnior era bom no jogo e fazia tudo tão bem, com tanta *dedicação*, que mal tive tempo de pensar em outra coisa. O fato de eu ter sido ativo naquela noite também ajudou. Eu pensava bem menos naquela posição. Perdi as contas das vezes em que tinha sido passivo e, quando me colocavam deitado de barriga pra cima e pernas pro alto, meu cérebro decidia focar em cada detalhe do teto. Quando o quarto tinha ventilador de teto, então… já era! Quase hipnótico para mim.

O sexo com Júnior foi acima da média. No começo achei que ele levaria a energia professor de *spinning* para a cama, performando com muita empolgação e me dando ordens disfarçadas de gritos de incentivo. Mas não foi assim (que bom). Foi menos verbal, porém barulhento. Uns barulhos gostosos. Só o som do sexo e dos carros passando lá fora, mais nada. Ele não era do tipo que transava ouvindo música, coisa que eu gostei demais, já que sempre detestei transar ouvindo música, porque, quando eu gostava da música, sentia vontade de cantar junto, e quando eu não gostava, broxava (em geral figurativamente, mas, dependendo do artista, literalmente). Júnior soltava uns gemidos genuínos de quem estava sentindo muito prazer. Aquilo me fez um bem danado.

Sem contar que era um verdadeiro *presente* poder comer um cara que ganhava a vida pedalando numa bicicleta ergométrica de três a cinco vezes por dia. Uma bunda forte, bonita e durinha que melhorava a cada dia por causa da profissão dele. Como antebraços de motoristas de Uber (uma fixação supernormal que eu tinha e evitava comentar perto do Cristiano porque ele me julgava um pouco). Tocar a bunda do Júnior era como ter nascido no dia 25 de dezembro e ter a sorte de ganhar *dois* presentes excelentes, um de aniversário e outro de Natal, no mesmo dia, em vez de um só. Era como deitar num travesseiro que os dois lados ficam sempre geladinhos. Como tentar pegar uma pelúcia naquelas maquininhas de garra e conseguir duas gastando só uma ficha.

Ele gozou duas vezes. Eu gozei uma só porque não queria abusar da sorte.

Quando terminamos e ficamos os dois jogados na cama, suados e satisfeitos, Júnior se espreguiçou todo e abriu um sorriso de satisfação. Ele tinha dentes simétricos e branquinhos demais. Acho que usava lentes, mas não daquelas que deixam a boca parecendo uma parede de azulejos. Eram daquelas que têm aspecto de dentes normais. Branquinhos e simétricos, mas, ainda assim, normais.

— Você é muito gostoso, sabia? — ele disse, secando o suor da testa.

Eu não sabia o que responder. Nunca fui bom em lidar com elogios. E ouvir de um homem muito gostoso que *eu* era muito gostoso era o tipo de validação que eu não esperava receber numa noite de quarta/madrugada de quinta.

— Valeu — falei. — Você também. — Me senti ridículo.

Ele pareceu não se importar. Levantando da cama num pulo, com as pernas firmes e confiantes de um professor de *spinning*, ele ficou de pé todo peladão, estendeu a mão na minha direção e soltou:

— Vamos pro banho, carinha?

Fiquei atônito. Sem reação. Não estava pronto para perder minha Virgindade de Banho naquela noite, mas ser chamado de "carinha" me desarmou. Achei fofo. Em retrospecto, pode parecer que ele estava falando com um cachorro, mas na hora eu achei *mesmo* muito fofo. Além do mais, eu estava na casa *dele*, e chamar para o banho poderia ter um subtexto meio "tá na hora de ir embora e eu não quero te deixar sair daqui todo suado, mas ao mesmo tempo não quero esperar o tempo de dois banhos individuais para poder dormir, afinal amanhã eu acordo cedo para dar minhas aulas de *spinning* e, assim, manter em forma a bunda durinha que você passou a noite inteira aproveitando". Sim, eu acreditava que aquelas quatro palavras de Júnior escondiam 58 *outras* palavras por trás.

Não tive muito tempo para raciocinar. Ele continuava me esperando, com o braço estendido, o olhar intenso e a expressão impaciente.

— Vamos, *carinha* — respondi, imitando o tom de voz dele. Júnior não riu.

Mas me puxou para fora da cama e me deu um beijão antes de me guiar até o banheiro. O que, sinceramente, foi melhor do que receber uma risada.

O banheiro era apertado. O box de vidro era pequeno e mal comportava nós dois. Ainda mais com a minha altura e com os ombros largos dele. Quando Júnior abriu o registro, a água saiu gelada, e o chuveiro elétrico antigo demorou a esquentar. Ficamos uns dois minutos esperando, esmagadinhos em silêncio no canto do box onde os respingos não batiam e verificando a temperatura da água aos poucos.

— Você gosta assim? — ele perguntou.

Coloquei a mão embaixo da corrente de água. Estava morna demais. Eu sempre gostei de banhos muito quentes, daqueles que deixam a pele vermelha e dormente.

— Adoro — menti. Inclinei a cabeça para baixo e olhei Júnior nos olhos, colocando muita intenção em cada palavra. — Eu adoro assim.

Na minha cabeça, aquele seria o momento do beijão. Um beijo demorado, molhado, intenso e romântico, digno de um cara que estava perdendo sua Virgindade de Banho num box apertadinho. Mas não foi o que aconteceu. Júnior simplesmente entrou debaixo da ducha, espremeu o tubo de xampu na palma da mão e começou a lavar o cabelo com a maior naturalidade de todas.

— Você tem pet? — ele perguntou do nada. — Tipo, bicho de estimação.

A pergunta casual me pegou de surpresa.

— Não — respondi, sem saber ao certo o rumo que aquela conversa tomaria.

— Eu queria ter, sabe? — ele continuou, de olhos fechados enquanto esfregava o cabelo. — Gosto de cachorro. Queria um cachorro grandão, com porte de Golden, mas vira-lata. Acho zoado comprar cachorro.

Comecei a entender como funcionava tomar banho com Júnior. Era tipo uma conversa casual, só que molhada, cheia de espuma e sem roupa.

— Eu também — falei. — Também acho zoado comprar cachorro, no caso. Mas acho que, se fosse para ter um bicho, gato é mais a minha cara. Mais quietinho.

— Mais sonso — ele disse, pegando um sabonete e esticando na minha direção. — Quer?

Eu não sabia se deveria aceitar. Se estava tudo bem dividir um sabonete em barra com um cara com quem eu não tinha tanta intimidade assim. Mas ele estava oferecendo, então aceitei.

Decidi fazer espuma nas mãos e, só então, espalhar pelo corpo. Me pareceu mais educado do que esfregar a barra inteira na minha barriga melada de porra. Como Júnior não iria me ensinar a *etiqueta* do banho a dois, eu precisaria descobrir sozinho.

— Mas pra ter cachorro eu teria que me mudar daqui. Sair desse apê pequeno. Sair da cidade, talvez — ele continuou.

— Você tem vontade? De sair da cidade?

— Às vezes sim, às vezes não. São Paulo mata a gente aos pouquinhos, não acha? — Eu, que me sentia morrendo aos pouquinhos todos os dias, concordei balançando a cabeça. — Às vezes dá vontade de largar tudo e fugir pro mato. Já pensou nisso? — Eu, que pensava o tempo inteiro em largar tudo e fugir para o mato, concordei balançando a cabeça.

Sorri com a percepção de que eu e Júnior tínhamos muito em comum (duas coisas). Ele me olhou e, notando que eu já estava todo ensaboado, abriu espaço para eu entrar debaixo d'água. Trocamos de posição dando passinhos curtos de lado, numa coreografia que parecia ensaiada.

— Mas ninguém precisa de aula de bike no meio do mato, né? Enquanto isso, eu continuo por aqui. Sem mato e sem cachorro.

No entanto, com uma bundinha perfeita, pensei em dizer, mas não disse. Primeiro porque Júnior parecia genuinamente triste por não poder ter um cachorro. Segundo porque eu tinha certeza de que ele não riria. E não conseguir fazer aquele cara rir já estava me deixando desesperado.

— Acho que vou continuar em São Paulo por um tempo também. É uma cidade boa pra minha área de trabalho. — Joguei o verde para um assunto simples.

— Com o que você trabalha? — ele perguntou, mordendo a isca.

— Sou roteirista — falei a parte mais legal primeiro. — De podcasts.

— Legal! — Júnior comentou, pegando a barra de sabonete e esfregando no sovaco. — Desculpa, não é nada pessoal, mas nunca consegui entender direito essa coisa de podcasts. É tipo ver um vídeo sem imagem. Ouvir uma música que não é música. Acho estranho.

Sorri, porque a análise dele fazia todo sentido.

— Te entendo. Eu não *amo* roteirizar podcast, na real. Queria ser roteirista de série. Escrever ficção mesmo, sei lá. Criar uma dupla de detetives gays que meio que se odeiam, mas acabam sempre envolvidos nos mesmos casos, forçados a trabalharem juntos, e ao longo de umas três temporadas eles vão se apaixonando, relacionamento cheio de drama, sabe? Brigas por causa de ego, sexo com raiva, traição, máfia italiana aparecendo do nada. Essas coisas... — Só quando terminei de falar, percebi que nunca havia contado aquela ideia para ninguém. Não por medo de roubarem minha trama genial. O oposto disso. Escrever detetives gays não era nada brilhante e, justamente por conta disso, sempre mantive a vontade em segredo. Não precisava de mais ninguém dizendo que as minhas ideias eram bobas. As vozes da minha cabeça já faziam um bom trabalho.

Mas ali, dividindo um banho quente (que poderia ser *mais* quente) com um semiconhecido que tinha me oferecido uma noite agradável sem nenhuma cobrança emocional, me senti livre para falar dos meus sonhos. Lembro da sensação de que tudo que fosse dito naquele box permaneceria ali. Um lugar secreto. Como uma cabana de lençol que duas crianças fazem para escapar do mundo. Só que ali eram dois adultos, um com a bunda mais perfeita já vista ao vivo por mim, e o outro era eu. Nada mal para uma madrugada de quarta para quinta.

Embaixo da ducha, Júnior enxaguou o corpo e disse:

— Tá aí uma história que eu ia gostar de ver! — Ele sorriu. — Você tem que correr atrás dos seus sonhos, carinha.

Soltei uma risada frouxa. Como se *correr atrás dos meus sonhos* fosse possível. Como se não fosse ilusão de um cara que cresceu numa cidade pequena achando que poderia ser tudo e descobriu, tarde demais, que tinha potencial para ser bem pouco.

— Ah, vamos ver. Quem sabe, né? Não tenho pressa... — respondi, tentando ensaboar o meu sovaco com a mesma naturalidade que ele. Sem saber como encerrar o assunto para não ter que enfrentar minha mediocridade pelado, molhado e no banheiro do meu professor de *spinning*, mandei minha conclusão clássica para todas as questões: — A gente vai morrer um dia.

— Mas a gente vai viver todos os outros.

Eu tinha certeza de que aquilo era frase pronta. Tinha certeza de que existia uma imagem com aqueles dizeres circulando pelo WhatsApp de milhares de tias ao redor do país. Tinha certeza de que Júnior repetia aquilo nas aulas de bike só para fazer os alunos sentirem que estavam fazendo algo *muito mais especial* do que um exercício aeróbico. Mas, mesmo com todas as certezas, eu me emocionei. Dei uma choradinha rápida que passou despercebida porque meu rosto estava molhado.

Depois do banho, Júnior me emprestou uma toalha. Me sequei, me vesti e me despedi. Ele perguntou se eu queria dormir por lá, mas senti que foi por educação. Recusei e pedi um Uber. No caminho para casa, eu estava dividido entre a leveza de quem tinha acabado de sair de uma *boa* noite de sexo e o gosto amargo de saber que a minha existência era pesada demais para conviver com alguém que acreditava tão incisivamente na beleza de *viver todos os dias*.

Lembro de passar a semana pensando naquilo. Pensando em como, para o Júnior, viver todos os dias era um presente. E para mim, o anti-Júnior, viver todos os dias era uma punição.

Coisa horrível de se pensar.

AGORA

— **Nossa — diz Otávio,** recolocando os óculos.

Em algum momento durante a história, ele havia retirado os óculos e fechado os olhos para ouvir o relato que eu estava contando num sussurro, como se eu fosse um daqueles vídeos relaxantes que algumas pessoas colocam para dormir.

ASMR - Gays Traumatizados.

Mas ele não dormiu. Sei disso porque vez ou outra ele balançava a cabeça ou soltava uma risadinha nas partes engraçadas. Deve ter só parado para descansar os olhos. Não sei o quão cansado Otávio estava quando entrou neste ônibus. Não perguntei. O que faz com que eu me sinta um lixo de ex-namorado, que só aparece do nada com um pai morto e um monte de pendências com o passado, ocupado demais para perguntar "mas *e você*? Tá tudo bem?".

— Tá bom, desculpa. Você deve tá cansado e eu aqui te enchendo a paciência com uma história besta dessas…

Ele abre os olhos e se vira para mim.

— Não, não. Nada disso. Foi uma *boa* história. Quer dizer, foi uma história *normal*. Mas o *jeito* como você conta é *bom*.

— Para de falar *assim*. Parece que você tá com *pena* de mim! — digo, numa voz que é, de fato, digna de pena.

— Nem vem com essa, Júnior. Se você quer mesmo se tornar um contador de histórias — ele diz, e eu reviro os olhos porque não gosto da expressão "contador de histórias" —, um escritor, roteirista, o que for, você precisa entender que não dá pra controlar como as pessoas vão reagir às coisas que você vai contar. — Ele parece estar falando sério, então arrumo a postura na poltrona e o encaro. — Você pode contar sua história com o Júnior pra todo mundo aqui dentro do ônibus...

— Não, obrigado — interrompo.

— E cada pessoa vai se apegar a uma parte diferente — conclui.

— E a qual parte *você* se apegou? — pergunto, na tentativa de reparar meus erros e buscar saber mais sobre o estado de espírito do Otávio só para me dar conta, tarde demais, de que essa é só mais uma pergunta sobre mim.

— Hummm. — Ele coça o queixo, pensando. — Você descreveu *muito bem* a bunda do seu professor. Difícil não me apegar a esta parte. — Otávio ri, mas é uma risada meio triste. Melancólica. Ele abre a boca como quem quer falar mais, mas se segura antes de deixar as palavras saírem.

— Que foi? — pergunto.

— Não sei se você lembra — ele diz com um tom cauteloso. — Mas no dia... no dia em que a gente terminou... você me disse a mesma coisa.

— Que a sua bunda era como um travesseiro com os dois lados geladinhos? — sussurro, e ele ri de novo.

— Não, bobo. Você também me disse que a gente ia morrer um dia.

Reviro os olhos.

— *Clássico Júnior.*

— E eu... — Otávio continua reticente. — Eu não te dei uma resposta bonitinha que te fizesse chorar. Nem lembro o que eu respondi, na verdade. Só lembro de ir embora da praça pensando que, sim, a gente ia morrer um dia. Que tudo ia passar. Que um dia eu ia te esquecer.

Engulo em seco.

— E você esqueceu? — pergunto, com medo da resposta.

— Demorou, mas esqueci. Daí num dia qualquer eu lembrava. E esquecia de novo. Daí eu te encontrava do nada no meio de uma festa e ficava lembrando. E esquecia mais uma vez. Daí você me aparece dentro do mesmo ônibus que eu. Fica difícil esquecer assim.

Ele me encara e sorri. Um sorriso de quem não quer esquecer. Eu sorrio de volta. Um sorriso de quem não sabe o que quer.

Ficamos em silêncio por um tempo. Tudo dentro de mim dói. Depois de passar tantas horas nesse ônibus fugindo da realidade e buscando refúgio em lembranças boas do passado, sinto que não tem mais para onde correr agora que chegou a hora de pensar nas lembranças ruins também.

Respiro fundo. Duas, três vezes.

— Se isso te consola — começo, sabendo que *isso* não consola coisa nenhuma —, acho que não tinha nada que você pudesse ter dito pra mudar o jeito como as coisas terminaram. Estava tudo complicado demais. Eu precisava de ajuda, mas não sabia como pedir. Não sabia quais palavras usar.

— Logo você... — ele responde, desviando o olhar. — Sempre tão bom com as palavras.

E tão ruim em todo o resto, penso. Mas não digo em voz alta. Porque sei que, se eu disser, Otávio vai me contrariar e começar a elevar minha moral como sempre fez. E eu não preciso disso agora. Nem sei do que preciso.

O ônibus para.

Olho pela janela e vejo que já estamos no estacionamento do Graal de Resende, a parada para o motorista usar o banheiro e os passageiros comerem qualquer coisa ruim com preços abusivos.

— Quer descer? — pergunto. — Pegar um ar?

— Vamos — ele responde, voltando a me encarar.

— Vamos.

Mais uns segundos de silêncio. Sou tomado pela sensação mais esquisita das últimas 24 horas. O que quer dizer muita coisa, considerando que meu pai ausente *morreu* nas últimas 24 horas.

— Eu meio que… preciso que você saia primeiro — digo, por fim, apontando para o corredor.

Otávio ri e balança a cabeça.

— Claro, claro. — Ele desafivela o cinto de segurança. — Onde eu estou com a cabeça?

Eu não sei, Otávio. Eu não sei.

MAIS OU MENOS DOZE ANOS ANTES, QUANDO A GENTE TERMINOU SEM SABER QUE ESTAVA TERMINANDO

Uma coisa engraçada das lembranças traumáticas é que elas se adaptam de tempos em tempos. Coisas ruins ganham proporções maiores quando estou disposto a sofrer, e viram lembranças minúsculas quando decido que chegou a hora de superar o passado. Essa montanha-russa de emoções vem me acompanhando a vida inteira e, por mais que eu tenha passado muitas noites em claro dizendo para mim mesmo "cara, que tal *esquecer* a adolescência e começar a tomar decisões com base na pessoa que você é *agora*?", é impossível não culpar quem eu fui pelo ódio irracional que sinto por quem eu sou. Deve ser coisa do signo, sei lá.

Era final de outubro quando eu e Otávio terminamos nosso namoro. Lembro disso porque ele estava todo ocupado com as provas de vestibular e eu estava apavorado sem saber qual seria meu próximo passo depois que o ensino médio acabasse. A gente quase não tinha tempo para se ver.

E, mesmo quando tínhamos, era tudo corrido demais. Nossas idas ao ponto de ônibus abandonado na rua sem saída foram ficando cada vez mais espaçadas.

Eu estava à toa numa tarde qualquer quando ele me mandou SMS:

> Oi. Tenho oftalmologista hj. Acho que vou precisar usar óculos 0-0 a parte boa eh que vou ter meia hora entre o fim da consulta e a aula de piano. Quer me encontrar rapidinho na praça do suspiro às 17h? <3

Encarei o celular sorrindo, feliz por ter sido salvo de mais um dia horrível sem a companhia do Otávio. Meia hora entre o oftalmologista e o piano estava bom pra mim. Com meus pais trabalhando fora, nem precisaria inventar uma desculpa. Me arrumei e fui.

A tarde estava gelada, e eu cheguei mais cedo. Fiquei sentado num banco capenga no meio da praça, com as mãos enfiadas nos bolsos do moletom e os olhos fixos no céu nublado que a cada minuto ia ficando mais alaranjado. Era bonito de se olhar.

— Tem lugar aí pra mim? — Otávio perguntou, de pé ao meu lado, me arrancando dos meus devaneios com aquela voz bonita.

Ele ainda estava com o uniforme do colégio. Provavelmente não tinha parado nem um segundo desde que havia acordado, com um compromisso atrás do outro. A mochila pesada estava pendurada em um ombro só, o que deixava ele com a postura meio torta, mas de um jeito foto. Uma das mãos estava no bolso e a outra segurava um saco de pipoca. Havia um pipoqueiro naquela praça que vendia a melhor pipoca da cidade, porque ela vinha com uns cubinhos de provolone fritos. Nunca mais vi aquilo em lugar nenhum. E Otávio era simpático o bastante para sempre convencer o moço a colocar uns cubinhos a mais porque sabia que eu gostava.

— Só se você for dividir essa pipoca comigo — respondi, chegando para o lado e abrindo espaço para ele e sua mochila gigante.

Já fazia mais de dez meses desde a primeira vez que tínhamos nos visto, mas a presença do Otávio continuava me dando aquela *coisa* no peito. Como se eu ficasse quente e gelado ao mesmo tempo. Eu imaginava que um dia aquilo fosse passar, que um dia eu iria me acostumar com o fato de que Otávio *existia*, mas torcia para que, se aquela sensação um dia acabasse, que deixasse pelo menos um rastro dentro de mim, para eu guardar pelo resto da vida.

Otávio não sugeriu de irmos para outro lugar. Eu já sabia que ele estaria ocupado pelo resto do dia, mas esperava pelo menos meia horinha de intimidade em algum canto escondido da cidade. Dava para fazer *bastante* coisa em meia hora. Mas senti que naquele dia ele só queria conversar. Nada de beijos intensos e esfregação de calça jeans com calça jeans. Só um bom e velho papo feito dois grandes amigos para evitar suspeitas de qualquer um que passasse por ali.

Não é como se *muita gente* passasse por ali. A Praça do Suspiro naquela época já estava meio entregue ao abandono, com um gramado malcuidado, um parquinho infantil que oferecia para as crianças uma dúzia de jeitos diferentes de morrer e bancos de madeira espalhados aqui e ali.

— Como foi o dia? — ele perguntou, pegando um cubinho de provolone e estendendo o saco de pipoca na minha direção.

— Normal. Prova de Geografia de manhã. Acho que fui mal.

— Você sempre acha que vai mal.

— E, olha só, eu sempre *vou*. Me conheço tão bem! — Otávio riu. Eu não. Porque eu não me conhecia bem. Não tinha a menor ideia de quem eu era como pessoa. E, o pior de tudo, de quem eu seria sem o Otávio. — Vai ter que usar óculos mesmo? — perguntei, com a boca cheia de pipoca.

— Acho que sim. Mas só para leitura. O médico disse que vai mandar a receita para o meu pai. Eles são amigos.

É claro que o médico era *amigo* do pai do Otávio. Aquilo me irritava de um jeito que minha cabecinha de dezessete anos não sabia processar. Só depois que fui entender que era consciência de classe.

— Você vai ficar bonito de óculos — respondi, contendo as respostas atravessadas.

— Vou ficar com cara de nerd.

— *Eu* uso óculos e não tenho cara de nerd — provoquei. Ele segurou o riso. — *Não tenho*, Otávio! Se eu fosse nerd, eu… — *Saberia o que fazer da vida.* — Não iria mal na prova de Geografia!

— Tem razão, tem razão — ele disse. — Você tem cara de… — Ele coçou o queixo, pensando numa palavra melhor. — *Sábio.*

— Sábio… — repeti. — Eu gosto de sábio.

Ele aproximou a perna da minha e nossos joelhos se tocaram por meio segundo, mas eu afastei rapidamente. A praça estava mais movimentada que o normal, era arriscado demais. Se Otávio ficou ofendido, não demonstrou. Só colocou mais pipoca na boca e perguntou enquanto mastigava:

— Se é assim, posso contar com a sua sabedoria e te pedir um conselho?

— Humm... pode?

A pergunta me pegou de surpresa. Nunca me senti a pessoa ideal para aconselhar ninguém, ainda mais o Otávio, que já tinha a vida inteira planejada e um futuro certo, sem nenhum pingo de dúvida. O que *eu* poderia dizer para aconselhar um garoto como ele?

— Eu estava pensando, e... — Ele pigarreou, ajustando a postura no banco e se virando de lado para me olhar bem nos olhos. Como eu amava aqueles olhos. Como amava o jeito como o sal da pipoca deixava os lábios dele mais vermelhos e o vento gelado do fim da tarde deixava as bochechas dele mais coradas. — Eu queria contar para minha irmã. De mim. Da gente, na verdade. Falar de nós dois para ela. O que você acha?

Senti um calafrio, meu coração acelerou e minha boca secou. Tudo ao mesmo tempo.

— Hum...

Botei mais pipoca na boca para ter tempo de pensar. Mordi um grão de milho que não estourou e fiz uma careta imediatamente. Percebendo meu nervosismo, Otávio já foi logo defendendo seu caso, como bom futuro-advogado.

— É porque, assim, você tem a Larissa...

— Minha *amiga*.

— Sim, sua *amiga*. Mas, ainda assim, uma *pessoa* da sua vida que sabe que eu existo. Que conhece a nossa história. Uma pessoa com quem você pode desabafar sobre nós dois, e...

— Você tá precisando desabafar sobre nós dois?

— Não, não. Não exatamente. Mas eu só queria poder falar, sabe? Dizer seu nome em voz alta para outra pessoa. Te transformar em algo mais... real. Porque às vezes eu sinto que a gente não é de verdade.

Aquilo machucou.

— Otávio, isso não faz sentido! — rebati, mais alto do que deveria. Uma mulher que estava passeando com seu cachorro olhou na nossa direção. *Seja discreto, Júnior. Discreto.* — É óbvio que a gente é "de verdade" — concluí sussurrando.

— Eu sei, eu sei. — Otávio respirou fundo, e acho que aquela foi a primeira vez que o vi impaciente. — Sei que a gente é de verdade. Mas o que eu *sinto* é que a gente só existe em momentos específicos. Naquele ponto de ônibus abandonado. Numa sala de cinema escura.

Era a minha vez de ficar impaciente.

— Olha a gente *aqui,* Otávio! — sussurrei. — Existindo! No meio da praça! Comendo pipoca! Falando de qualquer coisa. De provas de Geografia e exames de vista!

— Você está sussurrando — ele respondeu com frieza, num tom de voz calmo, porém firme.

— Desculpa, só fiquei meio nervoso. Só isso. Eu sussurro quando estou nervoso — inventei.

— O que eu quero dizer — ele continuou com a mesma voz calma, porém mais doce desta vez — é que tem noites em que eu gostaria de conversar com alguém sobre como eu me sinto. Sobre tudo que descobri com você. Sobre como é bom ter você na minha vida. Sobre como existe um garoto teimoso que faz com que eu me sinta invencível. E eu acho que a minha irmã seria uma boa pessoa para me ouvir. Para que nas horas em que não estou com você, eu não me sinta tão... sozinho.

Aquilo machucou ainda mais. Me senti culpado. Me senti um idiota. O pior namorado do mundo.

— Entendi. Eu não quero isso. Não quero que você se sinta sozinho. Desculpa. Eu só tenho medo do que pode acontecer se alguém da nossa família...

— Minha irmã é diferente — ele se apressou em justificar. — Ela nem mora mais aqui. Está fazendo faculdade em São Paulo. Só tem gay em São Paulo, sabia?

Eu ri.

— Claro que sei. São, tipo, dez milhões de gays e sua irmã. A população completa de São Paulo.

Ele não riu. Só respirou fundo de novo e fechou os olhos por uns três segundos, como alguém frustrado depois de tentar ensinar matemática avançada para uma criança de três anos.

— Enfim, eu acho que ela é uma pessoa com a mente aberta o suficiente para me escutar, se interessar e, sei lá, torcer por mim. Por nós.

Os argumentos de Otávio eram objetivos. Racionalmente, faziam todo o sentido. Mas a minha cabecinha medrosa destorcia tudo para "eu preciso que outra pessoa torça por nós porque eu sozinho não estou mais dando conta". A insegurança tomou conta do meu peito e foi me esmagando pouco a pouco. Mas eu não queria demonstrar. Não queria brigar. Não queria dar motivos para que Otávio parasse de torcer por nós de uma vez por todas.

— Você tem certeza? — perguntei, já sabendo que não tinha como vencer Otávio numa batalha de argumentos.

— Tenho — ele disse com seriedade. E depois, abrindo um sorriso: — E eu tenho certeza de que ela vai te amar.

Tentei sorrir de volta, refletir toda a positividade que Otávio enxergava no mundo, mas, naquele momento, meu medo de que alguém da família dele soubesse da minha existência foi substituído por outro. Pelo medo de alguém da família dele saber da minha existência *e decidir não gostar de mim.*

Otávio percebeu o pavor no meu rosto e, lendo minha mente como sempre fazia, se arrastou no banco, chegando mais perto. Nossos joelhos se tocaram de novo, mas eu não me afastei.

— Ô, gatinho — ele disse. Estava com mania de me chamar de gatinho naquela época. Eu achava infinitamente melhor do que "vida" e "dengo". — Eu tenho *certeza* de que a minha irmã vai te amar. É meio que impossível não te amar.

Soltei uma risadinha.

— Na verdade, é bem fácil, viu? Tô até hoje tentando entender por que *você* ainda me ama.

Me arrependi assim que as palavras saíram da minha boca. Otávio nunca gostava quando eu me fazia de coitado. Sempre dizia que "nada é mais bonito do que um homem confiante". E decidiu namorar logo comigo, o Reizinho dos Coitados.

— Ei — ele disse, olhando nos meus olhos enquanto apoiava o saco meio vazio de pipoca sobre o banco. Ele apoiou a ponta dos dedos no meu joelho e eu permiti. Nem me mexi. — *Eu te amo*, tá bom?

Otávio tinha esse poder. Estávamos juntos fazia mais de dez meses, e era de se esperar que os "eu te amo" já tivessem virado o "oi-tchau" da relação. Uma frase protocolar. Carinhosa, mas, ainda assim, protocolar. Só que não para ele. Todas as vezes em que dizia que me amava, Otávio enchia o peito e enunciava cada palavra como se coubessem outras cem naquela frase tão curtinha. Como se o amor dele fosse capaz de carregar um monte de jeitos diferentes de amar, se adequando às minhas necessidades que viviam mudando. Não sei se era o poder do primeiro amor, a imaturidade adolescente ou a vontade de fazer dar certo, mas o que Otávio sentia por mim sempre me pareceu *maior* do que garotos como nós tinham permissão para sentir.

Senti meu rosto queimando de vergonha com aquela declaração tão direta. Otávio riu.

— Que foi? — perguntei.

— Tem uma casquinha de milho no seu queixo — disse bem baixo, com um sorrisinho malicioso.

Todo afobado, comecei a tatear o rosto em busca da casquinha. Ainda sorridente, Otávio segurou minha mão e colocou bem em cima do local certo. Limpei o queixo. Ele não soltou a minha mão. Eu também não soltei. A mão dele estava quente. Um calorzinho bem-vindo naquela tarde fria. Eu deveria ter largado a mão de Otávio. Ter enfiado minha mão no bolso e desviado o olhar. Ter me levantado para começar a me despedir. Mas fiz tudo ao contrário. Não larguei, não desviei e não levantei. Fiquei ali, segurando a mão do garoto que eu gostava porque, naquela fração de segundo, me parecia possível.

Foi quando vi o borrão.

Passando correndo por trás dele, sumindo atrás das árvores até eu perder de vista, um borrão preto e vermelho que eu reconheceria em qualquer lugar.

E então eu larguei, desviei e levantei. Tudo num piscar de olhos.

— Que foi? — Otávio perguntou. — Tá tudo bem?

Não estava. Meu coração batia forte por baixo do moletom.

— Não. Acho que meu primo viu a gente.

Otávio se levantou também, olhando ao redor com atenção.

— Certeza? Não tem ninguém passando aqui.

— Ele passou ali por trás — respondi, apontando na direção das árvores. — Eu vi. Ele estava com aquela jaqueta do Flamengo.

— Gatinho, metade dessa cidade tem uma jaqueta do Flamengo.

— Era a jaqueta do Fabrício. Tenho certeza.

Eu não tinha certeza. Só achava. Mas achar era o bastante para tirar minha paz.

— Tá tudo bem — ele disse. — Já passou.

Otávio deu um passo à frente e estendeu a mão para tocar meu ombro, mas eu me afastei, jogando o corpo para trás como se estivesse desviando de uma bala. Como se o toque dele, ali no meio da praça, fosse mortal.

— Eu tenho que ir — anunciei, olhando ao redor rapidamente. — Já deu a minha hora.

— Eu ainda tenho mais… — Ele pegou o celular no bolso para conferir a hora. — Dez minutos.

— Não, Otávio. Já deu a *minha* hora — repeti, incisivo.

Naquele momento, me senti bem ao estabelecer limites. Mostrando que eu também tinha meus compromissos e que minha vida não girava em torno de ficar me encaixando em qualquer brecha na rotina dele. Em certas circunstâncias teria sido até… empoderador? Mas não *naquelas* circunstâncias. Porque eu não tinha nada melhor para fazer. Fui embora porque estava com medo. E também porque não queria chorar na frente dele.

— Boa sorte com a sua irmã. Vai me contando…

— Sobre isso… me desculpa. Não queria forçar nada. Eu não preciso contar para ela. Não por enquanto. Não quero te colocar numa posição desconfortável, e…

— Ai, Otávio, faz o que você quiser! É sua irmã! Ela *ama* os gays, não ama? — rebati, surpreso com a amargura na minha voz. — No fim das contas, nada disso aqui importa! A gente vai morrer um dia! — A última frase, meu mantra para quando tudo dava errado, saiu carregada de raiva. A voz embargada e desesperada, colocando para fora aquele fato quase como se ele fosse um *desejo*. De morrer um dia. E de que aquele dia chegasse logo.

Otávio ficou pálido. Seu pé balançava para cima e para baixo no chão como ele fazia quando estava nervoso.

— Tá bom — disse, bastante abalado. — Quer levar o restinho da pipoca? Acho que ainda tem uns pedacinhos de queijo aqui. — E estendeu o saco de pipoca na minha direção.

Cogitei aceitar, mas aquilo arruinaria completamente meu discurso de Garoto Independente Que Não Precisa Do Namorado Para Nada.

O que era uma piada, claro. Pois, naquele momento, eu precisava do meu namorado para tudo.

— Não, obrigado. Pode ficar.

Antes que pudesse olhar Otávio nos olhos e me arrepender de tudo, dei meia-volta, enfiei as mãos no bolso do moletom, abaixei a cabeça e fui embora. Tive vontade de olhar para trás. De admirar Otávio de longe, como já vinha fazendo havia tantos meses, toda vez que esperava por ele no portão do colégio. Mas não virei.

O que foi uma pena, já que, depois daquele fim de tarde, ele nunca mais foi meu namorado.

AGORA

Parece que estou numa máquina do tempo.

Aqui estou eu, de frente para o Otávio numa mesa grudenta do Graal de Resende, comendo nossa refeição clássica da adolescência: uma esfirra de frango para mim, uma de queijo para ele, uma Coquinha gelada para a gente dividir. A diferença é que os salgados não parecem tão gostosos, a Coca-Cola está infinitamente mais cara e nós dois temos mais bagagens do passado do que sonhos para o futuro.

— Sabe uma coisa que eu sempre achei meio poética na maneira como a gente terminou? — digo enquanto luto para mastigar a massa dura da esfirra.

Otávio abre um sorriso cansado.

— Por favor, não faz uma metáfora ruim sobre términos e pipoca, sei lá.

— Não! É poético mesmo. A gente terminou na Praça do Suspiro.

— Hum... — Ele não parece entender aonde eu quero chegar.

— Breve aula de história — começo, arregaçando mangas imaginárias porque estou de camiseta. — A Praça do Suspiro recebeu esse nome porque era ali que as esposas dos soldados se despediam antes dos maridos irem para a guerra. Daí eles iam embora e elas ficavam lá, suspirando de saudade e esperando eles voltarem.

— Qual guerra, exatamente?

— Eu sei lá, Otávio! Qualquer guerra! Teve um monte! Não acredito que o seu cérebro decidiu focar *nessa parte*.

Ele ri enquanto serve um pouco da Coquinha-não-tão-gelada num copo descartável de papel escrito "Graal: sua MELHOR parada é aqui", o que me faz rir também, porque estou aqui discutindo meu término de doze anos atrás enquanto espero a hora de voltar para o ônibus rumo ao enterro do meu pai. Essa parada não poderia ser *pior*, na verdade.

— Bom, em minha defesa — diz ele —, você começou prometendo uma "breve aula de história", então eu esperei, sei lá, um pouco de... contexto histórico?

— Tá bom, tá bom. Isso *não foi* uma breve aula de história. Foi uma breve aula de coisas que eu ouvi um dia e decidi acreditar que aconteceram de verdade porque se encaixaram direitinho na minha fantasia de esposa abandonada na Praça do Suspiro.

Otávio quase engasga com sua esfirra de queijo que, pela aparência, parece estar ruim como a minha, possivelmente pior.

— Ei, ei, ei! Calma lá, Júnior — ele alerta, levantando o dedo indicador. — Se eu me lembro bem, foi *você* quem me deu as costas e foi embora. — Ele está sorrindo, mas há um pouquinho de mágoa no olhar.

E, para o azar de Otávio, eu sou um Carregador de Mágoas profissional.

— O que eu quero dizer é que você deu suas costas *metafóricas* pra mim. Eu fui embora naquele dia, mas, depois, fui eu quem ficou. Você veio pra São Paulo fazer faculdade e eu fiquei lá. Suspirando como a esposa abandonada.

— Eu *fui* — ele comenta.

— Oi?

— Eu fui pra São Paulo. Não *vim*. A gente não está mais lá. Estamos em Resende.

Não sei explicar, mas a correção idiota de Otávio sobre uma questão gramatical boba que foge completamente do assunto me enfurece. Junto com ela, vem a percepção de que não, eu não estou em São Paulo, o lugar onde moro. Não estou em Friburgo, o lugar onde morei. Estou num Graal em *Resende*, onde não conheço nada nem ninguém. Onde posso desaparecer e ninguém sentiria falta. E, de maneira geral, flerto bastante com a ideia de desparecer sem que ninguém sinta falta, mas hoje não. Hoje eu só queria estar vivendo um dia normal, num lugar normal, cercado pelas minhas coisas e pelas minhas pessoas. Mas estou numa porra de uma loja de conveniência na beira da estrada cercado de gente que não é daqui. Gente que está indo e voltando e tocando suas vidas que provavelmente não são muito melhores que a minha, já que ninguém mais aqui parece estar tendo uma conversinha fiada com um ex-namorado enquanto come a pior esfirra de frango já preparada nesse mundinho miserável.

Penso em falar tudo isso. Em cuspir cada frustração e acrescentar mais palavrões para que Otávio se sinta mal. Para que esse sorrisinho frouxo desapareça do rosto dele. Mas não tenho forças.

— Sim, Otávio, você *foi* e eu fiquei. E toda vez que volto para lá, tenho a sensação de que nunca fui embora.

MAIS OU MENOS DOZE ANOS ANTES, QUANDO A GENTE DE FATO TERMINOU

A maldita jaqueta do Flamengo era do meu primo.

A minha teoria sempre foi a de que ele contou para a minha tia, que contou para a minha mãe, que contou para o meu pai. E, dali pra frente, foi só ladeira abaixo.

Eu nunca soube o que exatamente ele contou. Júnior é gay? Júnior tá namorando? Júnior estava recebendo carinho de outro garoto no meio da praça em plena luz do dia? (Da tarde, na verdade.)

Sei que o que ele disse foi o bastante para destruir de vez o pouco de interesse que meu pai tinha por mim. E o pouco de vontade que eu ainda tinha de fazer nossa relação de pai e filho funcionar.

Era uma noite de dia de semana, terça ou quinta, e estávamos jantando em família. Eu, eles e a TV ligada. Eu estava angustiado desde a minha despedida dramática de Otávio na praça. Trocamos algumas mensagens depois daquilo, os dois empenhados em fingir que meu surto nunca tinha acontecido. Mas fazia algum tempo que eu vinha me sentindo como alguém que observa um carro vindo de longe a toda velocidade, paralisado demais para sair do meio da estrada, assustado demais com a ideia de ser atropelado.

Nunca fui de falar em casa. Em partes porque nunca soube o que falar e em outras partes porque meus pais não demonstravam muito interesse em me ouvir. Às vezes, parecia que cada cadeira daquela mesa de jantar representava um continente diferente. Minha mãe no seu mundinho colorido, sempre relatando as fofocas que escutava da manicure (a maioria era bem triste, sobre clientes que estavam em relacionamentos horríveis com maridos péssimos mas *hahaha vocês não vão acreditar no que a Neuza me contou hoje*); meu pai e seu planeta ainda mais distante, coberto por fumaça e cara feia, onde o único idioma conhecido eram os grunhidos desmotivadores; e eu, no meu mundinho Gay De Cidade Pequena, onde as preocupações deles pareciam minúsculas e as minhas pareciam catástrofes iminentes. Era quase novembro, eu estava perto de me formar no ensino médio e não tinha nenhum plano para o ano seguinte. Depois de um ano inteiro tendo Otávio como minha única prioridade, a ideia de que ele iria embora e eu não teria para onde fugir me sufocava aos pouquinhos.

Naquela noite, a farofa seca da minha mãe também estava me sufocando.

— Como vai a escola, Júnior? — minha mãe perguntou, puxando assunto sem de fato querer saber.

— Tá acabando — respondi, engolindo uma garfada de farofa como se fosse vidro moído.

— Ano que vem tem que arrumar um emprego — ela declarou. — Virar homenzinho.

Ela sorriu pra mim, como se sugerir que eu arrumasse um emprego no meio de um jantar ruim fosse o ato mais carinhoso que pudesse oferecer.

— Aliás — falei —, a professora Aline me chamou pra conversar dia desses.

Isso chamou a atenção do meu pai. Ele me encarou, segurando uma coxinha de galinha em uma das mãos e com o bigode todo salpicado de farofa. Dava para ver como ele *torcia* para que fosse algo ruim. Ele *queria* me ouvir confessando que levei bronca da professora. Que ela disse que eu não tinha jeito, que minha vidinha seria infeliz para sempre e a culpa era toda minha, por ser o aluno mais desmotivado e burro que ela já conheceu em toda a vida. Ele queria ouvir isso só para grunhir um "eu já sabia" e voltar sua atenção para a coxa de frango que continuava segurando como um homem das cavernas.

Decepcionando os desejos do meu pai, não pela primeira nem pela última vez, contei a verdade.

— Ela veio elogiar minha escrita. Disse que eu sou bom. Em escrever e tal.

Meus pais me encararam sem nenhuma expressão. Como se eu tivesse sugerido a ideia mais absurda do mundo. Como se eu quisesse ganhar a vida fazendo malabarismo de maiô no Polo Norte. Como se nada naquela combinação de palavras fizesse sentido na cabeça deles.

Meu pai bufou.

Minha mãe sorriu.

— Ano que vem tem que arrumar um emprego — ela repetiu.

Soltei um suspiro de desistência. Aquela conversa não daria em nada.

Com mais três garfadas apressadas, terminei meu prato e me levantei.

— Vou pro meu quarto — anunciei com a voz derrotada.

— Ainda não — meu pai se pronunciou pela primeira vez na noite.

— *Paulão* — minha mãe disse.

Ela era a única que chamava meu pai de Paulão. Eu achava ridículo.

Ele grunhiu e ela o encarou, balançando a cabeça para evitar o que estava por vir. Talvez mais para se poupar do que para me proteger.

— O que você anda fazendo na rua, garoto? — meu pai perguntou.

Eu perdi a cor. Minha garganta, já seca, secou ainda mais. O coração acelerou. Eu não sabia o que dizer.

— Como assim? — perguntei, tentando ganhar tempo.

— Não se faz de bobo — ele disse, os punhos cerrados sobre a mesa. — A gente sabe. E eu não quero ficar sabendo de mais nada.

E foi isso. Só isso.

Nenhum escândalo, briga ou escarcéu. Meu pai não gritou comigo como eu esperava que faria. Nenhuma palavra óbvia foi dita. Ele não me acusou de ser gay, bicha ou viadinho. Só disse que sabia. E, ao completar dizendo que não queria saber de mais nada, eu não imaginei que seria tão literal. Que, dali por diante, o pouco interesse que ele tinha em ser meu pai desapareceria por completo. Eu não sabia que ainda passaria uns bons anos vivendo naquela casa como uma alma penada, vagando de um cômodo para o outro como alguém que não está mais ali. Como a lembrança de alguém que, um dia, teve potencial para ser um bom filho. Uma boa sombra. Um bom Júnior. Nunca fui nada disso e, se meu pai se importava, nunca demonstrou.

— Pode ir — disse, por fim, sem nem olhar para mim.

Minha mãe me encarou com uma mistura de pena e cansaço, com uma certeza de que não podia fazer nada para melhorar aquela situação. Um pai irrevogavelmente ignorante e um filho irrevogavelmente gay. E ela ali no meio, sem saber qual partido tomar, decidindo não tomar nenhum.

— Boa noite — respondi, na pior noite de todas.

Cheguei na cama bem a tempo dos meus joelhos cederem e eu me jogar em cima do colchão. Minhas mãos tremiam enquanto eu tateava a mesa de cabeceira em busca do celular, que eu tinha deixado carregando ali.

Digitando com a pressa de quem está fugindo de um desabamento, enviei um SMS para Otávio.

meu primo contou td. meus pais ja sabem. nao sei o q fazer. nao aconteceu nada grave mas eu to com medo.

A resposta dele chegou mais rápido do que eu imaginava.

to num jantar na casa de uns amigos dos meus pais, nao posso ligar agora, mas a gente pode conversar por mensagem. o que vc precisa? vai ficar tudo bem, meu gatinho!

As palavras positivas de Otávio costumavam me acalmar, mas não funcionou naquela noite. A imagem do meu namorado jantando na casa de amigos dos pais, provavelmente comendo algo muito melhor do que a farofa seca da minha mãe, numa sala bonita iluminada por um lustre e não pela luz azulada da TV, revirou meu estômago. Parecia tão fácil me dizer que tudo ficaria bem quando, para Otávio, já estava tudo bem desde que ele tinha nascido. Ele não sabia o que era não estar bem. Nós dois já vivíamos em mundos diferentes e, em pouco tempo, estaríamos em mundos ainda mais distantes. Otávio só havia se assumido para a irmã, mas eu tinha certeza de que os pais dele levariam de boa se descobrissem. Mais do que isso! Dariam uma festa! Um *jantar na casa dos amigos* para comemorar que o menino de ouro da família era um gayzinho brilhante também. Racionalmente, eu nunca soube de onde tinha tirado essas ideias. Mas o contraste entre a convivência sufocante da minha família com o comercial de margarina que era a família dele sempre foi gritante. Já havia passado da hora de dar um fim àquilo tudo. Não fazia sentido prolongar a dor. Piorar a relação com a minha família por causa do Otávio só para, em alguns meses, perder o Otávio também.

acho melhor a gente terminar. preciso cuidar de mim. decidir meu futuro. eu te amo mas sinto que só sei fazer isso. eu só sei te amar e agora preciso aprender outras coisas também.

Com o coração apertado, apertei o botão de enviar.

A resposta seguinte demorou mais para chegar. Ele devia estar dançando valsa antes da sobremesa, ou seja lá o que faziam em Jantares Na Casa De Amigos Dos Pais. Fiquei deitado por vários minutos encarando o teto do quarto escuro e ouvindo o barulho dos meus pais conversando lá fora. "Conversando" não é bem a palavra certa, quando era só minha mãe quem falava e meu pai resmungava vez ou outra.

Será que estavam falando de mim?

Ou, pior, será que já haviam esquecido o jantar esquisito e seguido com suas vidas, como se eu nem estivesse mais ali? Como se, naquele quartinho escuro, meu mundo não estivesse acabando?

Quase dei um pulo quando o celular vibrou sobre o meu peito, tão apertado contra o meu corpo que estava quase formando um buraco retangular.

nao consigo conversar direito agora, lindo. mas
amanhã a gente vai resolver tudo. prometo. eu te amo.

Suspirei de frustração. Eu precisava do Otávio naquele momento. Precisava que ele lutasse por mim. Que largasse tudo para me encontrar, como todas as vezes em que eu tinha largado tudo por ele. Como todas as vezes em que tinha moldado minha rotina todinha para me encaixar nos quadrados vazios do calendário concorrido do meu namorado. Parte de mim me achava egoísta por me sentir assim. Me achava estúpido por sentir no peito a dor de uma traição que nem sequer era uma traição. Mas uma outra parte, mais furiosa, impulsiva e barulhenta, gritava para que eu desse um fim em tudo. Para que eu deixasse de esperar que alguém lutasse por mim e começasse a lutar eu mesmo.

Mas eu estava cansado demais para lutar. Derrotado, desarmado e sozinho.

Fiz apenas o que estava ao meu alcance.

Encarei o "eu te amo" na tela do celular, relendo várias vezes até as palavras perderem o sentido e a ideia de ser amado voltar a ser aquele conceito absurdo que era antes do Otávio ter aparecido na minha vida. E, com a vista embaçada, bloqueei o número dele, coloquei o celular na mesinha de cabeceira, virei para o lado e fechei os olhos para tentar dormir.

Óbvio que não consegui.

AGORA

Achei que minha resposta atravessada faria Otávio ficar em silêncio, encarando o porta-guardanapos do Graal até dar a hora de voltar para o ônibus, mas parece que ele está com vontade de *discutir o passado*. O que, sinceramente, é a última coisa que eu gostaria de fazer no momento. Ainda mais no meio da porra do Graal. Mas lá vamos nós.

— Não acho justo você falar que eu *fui embora* como se tivesse te abandonado. Eu nunca te abandonei, cara. Eu te esperei. Esperei por uma resposta sua. Passei na frente do seu colégio várias vezes na esperança de te encontrar. Tentei mandar mensagem, te ligar, mas acho que você me bloqueou, não foi?

— Bloqueei — respondo, seco como a esfirra que desisti de comer.

— Compreensível, depois do que eu fiz.

— Sim, me ignorar por causa de um *jantar* com os *amigos* dos seus *pais*, sinceramente…

Otávio parece confuso.

— Não. Eu tô falando da parada com o seu primo…

— Qual *parada* com o meu primo? — pergunto com um tom de deboche, porque a menção ao meu primo me irrita e o jeito como Otávio fala "parada", todo casual, como se ele não fosse um *advogado*, me irrita também.

Tudo nessa conversa está me irritando.

— Ah.

Ele não diz mais nada.

— Ah o quê? — pressiono.

— Achei que você soubesse... Que fosse por isso que... Porque, sei lá...

— Do que você tá falando, Otávio?

Ele pigarreia. Bebe um gole de Coca-Cola. Pigarreia de novo.

— Depois da nossa briga na Praça do Suspiro...

— Não foi uma *briga*. Só uma discussão — corrijo.

— Vai me deixar falar? — ele pergunta, visivelmente irritado também.

Por que estamos falando assim um com o outro? Por que estamos nos machucando de propósito?

Balanço a cabeça, sinalizando para que continue.

— Depois da nossa *discussão* na praça, eu fiquei preocupado. Fiquei com medo. Daí eu... eu meio que conversei com o seu primo...

— Oi? Meu primo? Fabrício? — pergunto, incrédulo, com a voz mais aguda do que de costume.

— Eu sabia que ele estudava no mesmo colégio que você, e um dia em que eu estava lá, plantado na frente do portão esperando para ver se você aparecia, ele passou. E eu falei com ele. Perguntei de você. Ele não sabia quem eu era. E, desculpa, mas eu achei que ele sabia. Achei que ele tivesse visto a gente na praça aquele dia. Achei que não teria problema...

— O que você disse, Otávio? — pergunto, já sabendo a resposta.

— Eu disse que eu era seu... namorado. Que estava preocupado contigo. Que não recebia notícias suas há muitos dias. Eu estava desesperado, sei lá. Mas ele não sabia de nada. Não sabia de mim, nem de você, nem... — A voz de Otávio embarga. Ele não sabe como continuar.

Meu coração acelera e meu sangue ferve. Porque essa revelação, uma peça de quebra-cabeça que ficou escondida de mim por mais ou menos doze anos, explica muita coisa.

— Quer dizer que aquele dia na praça, a jaqueta do Flamengo... Não era o Fabrício. Ele não viu a gente. Mas ele descobriu porque...

— Sim — Otávio sussurra.

— Porque dias depois você achou que seria uma *boa ideia* falar para o meu *primo flamenguista*, membro da minha *família homofóbica*, que nós éramos *namorados*. Você achou mesmo que seria uma boa ideia.

Sinto a artéria do meu pescoço inflar, levando todo o sangue do meu corpo para a cabeça. Minhas têmporas pulsam e minhas orelhas começam a arder. Faz tempo que não sinto isso. Uma fúria que borbulha dentro do peito, desesperada para sair.

— Júnior, eu só queria ajudar — Otávio responde com uma tranquilidade calculada. — Eu não fiz por...

— Mas é *claro* — interrompo. — É óbvio que você queria ajudar. O advogado super-herói sempre querendo fazer o bem. Desesperado pra encontrar um pobre coitado pra ajudar. Com a cabeça tão enfiada no próprio umbigo que nunca parou pra pensar que nem todo mundo teve uma vida como a sua, cheia de *jantares em família* e uma irmã *super de boa* que tem *vários amigos gays* e um... um... um *bebê* chamado *Tobias*.

— É Theo. Meu sobrinho se chama Theo. E eu não sei o que ele tem a ver com... — Ele faz um gesto vago no ar. — Isso tudo.

Eu também não sei. Mas não quero admitir.

— Você não entende mesmo, né, Otávio? A vida inteira estudando, estudando, estudando, para no fim das contas não entender *nada*.

Na última palavra, aumento um pouquinho (bem pouco mesmo) o tom de voz e dou um soco (um soquinho, nada de mais) na mesa. A Coca de 600ml meio vazia balança, mas não cai. A esfirra mordida permanece imóvel, como uma peça decorativa feita de cimento para uma exposição chamada Comidas Feias.

Ao perceberem a pequena comoção, algumas pessoas ao redor nos encaram, mas ninguém parece se importar muito. Cada um cansado da própria viagem, sem paciência para dois gayzinhos discutindo no meio do Graal. Porém, os olhares rápidos parecem perturbar Otávio um pouquinho. Ele olha fixamente para baixo e, constrangido com a situação que começou a escalonar de maneira imprevisível, começa a ficar vermelho.

Mas é claro que o meu cérebro interpreta a situação como Otávio Está Com Vergonha de Ser Visto Com Um Órfão Desequilibrado Fazendo Escândalo no Graal, e minha boca não perde tempo e verbaliza os pensamentos.

— Tá com vergonha de ser visto com um órfão desequilibrado fazendo escândalo no Graal, Otávio? — pergunto, entortando o pescoço para o lado e arregalando os olhos.

Otávio solta um suspiro, sem levantar a cabeça.

— Tecnicamente, você nem é órfão — ele murmura. — E, sério, acho que agora você só está projetando sua dor para tentar processar uma perda e, por mim, tudo bem, eu entendo que deve ser complicado...

— Por favor, cara — interrompo Otávio mais uma vez. — Não tenta me analisar agora. Sério. Você não entende. — Respiro fundo, tentando colocar a cabeça no lugar, reorganizando a linha do tempo da minha vida agora que tenho novas informações do passado. A lente dos meus óculos embaça um pouco com o calor que emana do meu rosto. Fecho os olhos por um momento arrastado antes de continuar. — Aquela noite, quando eu terminei com você por mensagem e te bloqueei logo em seguida, foi sem dúvida uma das piores da minha vida. Uma das últimas vezes em que meu pai reconheceu minha existência dentro de casa, numa conversa vazia que dividiu meu relacionamento com ele pra sempre. A partir dali, eu me tornei um fantasma dentro de casa. Um garoto de papelão que ocupava um quarto, mas não fazia diferença alguma. Tudo que eu sonhava para o futuro, as coisas que eu gostaria de me tornar, até mesmo as poucas conquistas que tive depois daquela noite, parecia que não tinham valor nenhum. Porque meu pai não dava a mínima. A nossa relação, que sempre foi distante, virou um abismo porque ele não queria saber do filhinho gay escondido no quarto. E, cara, eu era novo *demais* pra lidar com tudo aquilo sozinho. E agora, mais de dez anos depois, eu descubro que eu não *precisava* ter lidado com aquilo. Que o boato do nosso namoro só chegou aos ouvidos dele por sua causa. Porque você provocou isso. E, sério, como você quer que eu me sinta? Como?

Otávio fica em silêncio por alguns segundos.

— Você quer que eu responda ou foi uma pergunta retórica? — ele diz, finalmente.

Sinto vontade de mandar ele enfiar a palavra "retórica" no cu.

— Pode responder — digo, porque também já não sei mais o que falar.

— Olha, eu posso dizer muita coisa e, sinceramente, não sei o que você quer ouvir agora, então vou tentar pegar leve e…

— Ai, Otávio, fala o que você quiser! Para de querer ser moralmente superior por dois minutos, pelo amor de deus! — imploro.

É quase como se eu quisesse que ele me desse um soco verbal. Que acabasse comigo usando palavras duras numa versão homossexual intelectual de Clube da Luta.

— Primeiro, desculpa. De novo. Eu não imaginava os desdobramentos daquilo e, na hora, não sabia que estava cometendo um erro. Mas, ao mesmo tempo, você não acha que está sendo, sei lá, um pouquinho… injusto?

— Vai lá, *doutor*, me explica mais sobre *justiça* — provoco.

Ele empurra os óculos de haste dourada nariz acima e decide ignorar minha provocação.

— Você não acha que se a gente for dividir essa culpa de maneira equivalente entre todos os responsáveis, a maior parcela não ficaria com, sei lá, seu primo que te dedurou? Ou talvez com seu pai, que decidiu te ignorar pelo resto da vida? Sei que talvez esse seja um momento delicado para falar do…

— Delicado é o caralho, Otávio. Não precisa pegar leve com o meu pai só porque ele *morreu*. Não é um assunto complicado pra mim. Eu já superei antes mesmo de receber a notícia. Lidar com a morte dele me traz o mesmo desconforto que comer essa porra de esfirra horrível. Não significa *nada* — rebato, sabendo que era mentira. Mas preciso convencer

Otávio e, acima de tudo, me convencer. — Meu pai morreu — eu grito, e mais olhares se viram na nossa direção. — MEU PAI MORREU! MEU PAI MORREU!

Otávio vai ficando progressivamente mais vermelho de vergonha.

— Júnior, calma, cara...

— Viu só? Não quer dizer *nada*! — exclamo, apontando para o meu rosto, que permanece entediado e cansado, sem nenhuma lágrima ou demonstração de sentimento a vista.

— Então não precisa ser *delicado* ao botar a culpa de tudo no meu pai, porque, vai por mim, Otávio, eu já passei a vida inteira fazendo isso. Todas as coisas que eu tentei conquistar na vida e não consegui porque ele não estava do meu lado para me apoiar. Todos os sonhos que eu compartilhei dentro de casa só pra receber um balde de água fria no momento seguinte. Todas... todas... sei lá, todas as festas de Dia dos Pais da escola onde eu cantei uma música bonitinha olhando pra porra da *parede* porque meu pai não estava lá. A culpa sempre foi dele, e quer saber? É *muito gostosa* a sensação de finalmente ter outra pessoa pra culpar.

Otávio escuta tudo de olhos fechados, com a respiração curta e ritmada. Quando termino de falar, ele levanta a cabeça e me encara. Seus olhos estão vermelhos de cansaço, o que só ajuda a passar a impressão de que ele está em chamas. Otávio me observa de um jeito novo, refletindo a minha fúria no mesmo nível pela primeira vez, jogando no lixo o desejo de ser moralmente superior.

— Você já tentou, assim, sei lá, só de vez em quando, assumir essa culpa pra você mesmo, Júnior? Já tentou parar de justificar sua vida de agora com os acontecimentos de doze anos atrás? Eu sei que tudo o que a gente vive durante a adolescência afeta demais nossa vida adulta, já fiz análise, terapia, retiro de autoconhecimento e o caralho. Eu *sei* que é difícil. Mas, assim, você não é mais o Júnior de dezessete anos que não tem pra onde correr e precisa de um tapinha nas costas pra validar todas as suas decisões.

Cerro os punhos e cogito socar a mesa mais uma vez.

— Olha, eu acho muito fácil você chegar aqui... — argumento.

— Não terminei — ele me interrompe com aquela voz grave e imponente. Decido ficar quieto. — Do fundo do meu coração, cara, eu sinto muito mesmo pela perda do teu pai. Não consigo imaginar como está a sua cabeça agora, mas sei que com o tempo você vai conseguir processar isso tudo com maturidade e parar de só fazer piada para lidar com o luto. Sinto muito por ele não ter sido o melhor pai do mundo, porque, apesar de não conhecer o Júnior de agora, eu conheci o Júnior de antes. Eu *amei* o Júnior de antes. E você merecia coisas boas. Merecia o melhor pai do mundo, a melhor família do mundo, o melhor namorado do mundo. Merecia crescer numa casa que regasse teus sonhos todos os dias. E eu sei como é uma merda ver nossos sonhos morrerem. — A voz dele embarga por um segundo, mas Otávio respira fundo e continua. — Na real, eu nem sei direito, porque cresci com o único objetivo de realizar o sonho dos meus pais. De ser advogado como o resto da família, sem nem ter tempo para decidir o que *eu* queria. *Ai, pobre menino rico,* você pode até pensar...

E estou pensando mesmo.

— Mas a real é que, mesmo fazendo tudo direitinho e seguindo os passos que meu pai sempre sonhou para mim, quando eu cheguei lá, ainda não foi bom o suficiente pra ele. E nem para mim. Eu tento manter uma visão otimista da vida, mas, no fim das contas, tá todo mundo na merda. Meu pai insatisfeito e eu infeliz. Achando que joguei a porra da minha vida inteira no lixo para correr atrás de algo que eu nem queria. — Os olhos dele estão marejados, e ele pisca várias vezes para tentar conter o choro. — Então, cara, sinceramente, eu não vou ficar sentado aqui ouvindo você me culpar por um erro que eu cometi há mais de uma década e nem sequer tive a chance de tentar corrigir. Somos dois adultos agora, e se você tá infeliz com a tua vida, a culpa não é do teu namoradinho de adolescência. Resolve seus problemas e eu resolvo os meus.

Engulo em seco. *Em partes*, ele tem razão. Mas não em todas as partes. E estou cansado demais para separar as partes e racionalizar essa briga que nem deveria estar acontecendo. Eu não deveria estar aqui. Deveria estar fazendo essa viagem sozinho, com meus próprios pensamentos, sentado no ônibus ao lado de um desconhecido que não sabe nada do meu passado, meus traumas e meu fracasso. Ou melhor, eu nem deveria ter viajado. Deveria estar em São Paulo, planejando minha festinha patética de aniversário e fingindo que nem tenho família. Usando o argumento da "família escolhida" para preencher esse buraco enorme dentro do meu peito, como tenho feito há anos. Sempre deu certo.

Mas aqui estou eu. Sem rumo, sem força de vontade e sem saber o que dizer. Na dúvida, uso o argumento mais imbatível que meu cérebro cansado é capaz de elaborar.

—Ai, Otávio, na moral? Vai se foder.

Bato na mesa uma última vez antes de levantar, dar meia-volta e fazer uma saída dramática.

Mas a saída dramática é completamente arruinada, porque esqueço a comanda em cima da mesa e preciso voltar para buscar. Como se não bastasse estar vivendo o fim de tarde mais deprimente da minha vida, ainda preciso pagar pela porra daquela esfirra horrível.

MAIS OU MENOS ONZE ANOS E MEIO ANTES, NUMA SEXTA-FEIRA QUALQUER

A vida sem Otávio era vazia, porém calma. E eu gostava da parte calma.

Durante todo o nosso namoro, eu tinha a sensação de estar sempre fugindo, como um protagonista de filme de ação com dupla identidade, se escondendo de agentes do FBI enquanto tenta manter um relacionamento com a mocinha loira que só quer uma vida simples, morando num chalé na beira do lago, com paredes de vidro e uma lareira na sala. Otávio era minha mocinha loira, mas nunca chegamos na parte da casa do lago.

Sem ele, meu coração não acelerava mais toda vez que o celular vibrava, meus horários não dependiam mais de quando ou onde ele gostaria de me encontrar e, tirando a enorme parte gay de mim mesmo que ficava adormecida feito um lobisomem esperando a lua cheia, eu sentia que não precisava esconder mais nada do meu pai.

Eu poderia ser o Júnior de sempre, caminhando para a escola, estudando para o vestibular e planejando um novo futuro para mim, já que ser marido troféu de um advogado ricaço estava completamente fora de cogitação. A vida depois do término ficou mais tranquila.

Porém, ficou muito, muito mais triste.

Por semanas, chorei todas as noites antes de dormir, me agarrando a lembranças do que eu costumava ter e não tinha mais. Cheirava meu casaco de moletom que ainda carregava um pouquinho do perfume do Otávio. Aquele com cheiro de aventura. Tocava todos os presentes que ele havia me dado (um boné vermelho e branco, um chaveiro do Pato Donald, um CD escrito "músicas que me lembram você" com marcador preto que eu quase nunca escutava porque o único aparelho de som da casa ficava na sala e, para mim, aquelas músicas eram íntimas demais) e também toda a minha coleção de quinquilharias nossas, que não eram exatamente presentes, mas me faziam pensar no Otávio (ingressos de cinema, guardanapos da sorveteria, um DVD pirata com *The Rocky Horror Picture Show*, que ele baixou pra mim porque a minha internet era lenta demais). Tudo ficava guardado numa caixa de sapatos que eu deixava embaixo da cama, e tocar aqueles objetos me fazia pensar nas vezes em que Otávio havia tocado neles. Nos meus delírios de adolescente, era uma maneira de preservar nosso toque. Canonizar nossas memórias.

Coisa mais besta, canonizar um monte de lixo.

Mas, para mim, aqueles eram objetos sagrados. Eram a prova de que meu relacionamento com Otávio tinha existido, de que eu não havia inventado um garoto loiro para me amar como o Dr. Frank-N-Furter fez.

De início, não consegui me abrir com ninguém. Larissa era a única pessoa na minha vida que sabia da existência de

Otávio e, dias depois do nosso término, ela começou a ficar com um garoto do nosso colégio chamado Lucas ou Matheus ou Pedro. Tinham muitos Lucazes e Matheuzes e Pedros nas turmas do último ano, então era complicado diferenciar. Mas Larissa estava feliz. Estava apaixonada. E eu não queria ser a nuvenzinha cinzenta de chuva estragando a alegria dela. Como bom amigo, me fiz presente e escutei dia e noite as histórias dela sobre como o Lucas/Matheus/Pedro era fofo, engraçado e bonito. Como ele tinha dois cachorros, gostava de jogar vôlei e sempre pedia para pegar na bunda dela em vez de só chegar pegando. Como os dois estavam num impasse porque queriam ir com roupas combinando na festa de formatura, mas ele não queria usar uma gravata lilás no tom do vestido que ela queria usar.

Olhando de fora, era tudo muito fofo mesmo. O retrato perfeito de como um namorinho de colégio deveria ser. O friozinho na barriga causado por cada experiência nova, cada descoberta inesperada; muitas até bem parecidas com as minhas experiências com Otávio (ele também pedia permissão para pegar na minha bunda). E, por mais que eu me esforçasse para ser um bom amigo com a garota que literalmente tinha me emprestado a própria cama para que eu pudesse perder a virgindade em segurança sob os olhos vigilantes de um lobisomem fictício, uma parte de mim (bem maior do que eu esperava) sentia inveja, raiva e preguiça.

Me frustrava ouvir os relatos casuais de Larissa com o namorado. Eu quase revirava os olhos quando via os dois saindo de mãos dadas do colégio. O jeito como tinham o *direito* de viver aquele amor que, sendo sincero, não iria durar a vida inteira, mas que, naquele momento, parecia ser o maior amor do mundo. Direito que eu e Otávio nunca tivemos.

A sensação de injustiça me atormentava dia e noite, porque o nosso amor *também* parecia o maior amor do mundo, mas, de tanto que tínhamos precisado esconder, ele foi encolhendo, se esmagando, até ficar pequenininho. Até não existir mais.

— E aí, quais os planos pro fim de semana? — Larissa me perguntou numa sexta-feira no meio de novembro, depois da aula de Língua Portuguesa.

O sinal tinha acabado de tocar e ela já havia guardado tudo na mochila e estava virando para trás, me encarando com os olhos histéricos.

Eu, por outro lado, estava guardando uma caneta de cada vez no estojo, demorando muito mais do que precisava porque não queria ir embora. A aula de Português era a última do dia e, depois da escola, o que me esperava era minha rotina vazia sem Otávio.

— Ainda não sei — respondi meio apático. — Tá calor, né? Talvez eu saia pra tomar um sorvete, sei lá.

— Com o Otávio? — ela perguntou, sussurrando o nome de um jeito que eu nunca precisava fazer quando falava o nome do Lucas/Matheus/Pedro.

Eu ainda não tinha contado do término para ela. Além de não querer estragar sua felicidade recém-adquirida, acho que eu também não queria confirmar verbalmente que meu namoro havia acabado.

— Aham — menti.

— Bom, eu marquei algo diferente com o Gabriel — ela disse, toda empolgada. *Gabriel*. Era esse o nome do garoto. Não reagi, e ela continuou: — A gente vai fazer a trilha do Cão Sentado. Eu nunca fiz, mas ele é *super*experiente em trilhas e disse que essa é bem tranquila. Perfeita para iniciantes. Eu até chamaria você e o Otávio, mas tô sentindo que quando a gente chegar lá no topo ele vai me pedir em namoro. Tipo, namoro *oficial*, sabe? Imagina só que romântico!

Em poucos segundos eu seria capaz de pensar em pelo menos uns vinte cenários mais românticos do que ser pedida em namoro numa pedra enorme que, vista de longe, parece um cachorro sentado. Porém, mais uma vez, não quis estragar o momento dela.

— Eu achei que vocês já estavam namorando — comentei.

— Não! — ela respondeu, puxando o cabelo para trás e pegando um elástico no pulso para prender o rabo de cavalo. — A gente estava ficando. Daí semana retrasada a gente decidiu que ia *ficar sério* — falou com a voz grave, com se estivesse descrevendo uma etapa de relacionamento que realmente existia.

— Ficar sério já é meio que namorar, não é? — perguntei, genuinamente intrigado.

— Não, né? Ficar *sério* é, tipo, ficar só com uma pessoa e ninguém mais. Mas namorar é outro nível. É assumir, postar foto junto com letra de música romântica, conhecer a família um do outro e tal. Coisa de namorado mesmo.

Coisas que eu e Otávio, embora namorados, nunca havíamos tido. Coisas que, naquele momento, eu achava que jamais teria. Abaixei a cabeça com o peso daquela realidade. Da percepção de que, enquanto gay numa cidade pequena cheia de pessoas com mentes menores ainda, eu estava destinado a ser, no máximo, o *ficante sério* de alguém. Aquilo me magoou profundamente, mas Larissa não percebeu. Não era culpa dela. Minha amiga estava submersa numa realidade romântica que era nova para ela e impossível para mim. Eu não queria estragar o dia dela chorando pelas minhas derrotas. Mas, lá no fundo, eu queria chorar com alguém que entendesse pelo menos um pouquinho do que eu estava passando.

— Lari! — Uma voz grossa chamou.

Nós dois olhamos na direção da porta da sala de aula e Gabriel, o ficante sério, estava lá.

O garoto era do terceiro ano B, e a última aula de sexta-feira da turma dele era Educação Física. Ou seja, estava todo suado, com a pele reluzente e as bochechas coradas. Gabriel tinha uma beleza típica de Héteros Do Terceiro Ano. O queixo coberto por uma barba rala, o cabelo escorrido caindo sobre os olhos, o corpo alto e esguio e o sorriso desengonçado com aparelho nos dentes. O olhar de Larissa se iluminou ao encará-lo. Consegui ficar feliz pela minha amiga.

— Vou nessa, amigo! Até segunda! — ela disse, colocando a mochila nas costas e saltitando até a porta da sala.

Gabriel recebeu Larissa com um selinho e, antes de sair de mãos dadas com ela, acenou e sorriu para mim. Sorri de volta, mas fechei a cara assim que os dois deram as costas. Não estava a fim de fingir felicidade por muito tempo.

Terminei de guardar minhas coisas na mochila e, quando me levantei, a sala já estava vazia. Só eu e a professora Aline, que continuava na mesa corrigindo alguns exercícios.

— Tchau, professora — falei, ajustando as alças da mochila pesada. — Bom final de semana.

— Para você também, Júnior — ela respondeu, um pouco reticente, como quem queria dizer mais alguma coisa.

Caminhei rumo à saída, mas quando cheguei na porta, a voz rouca dela me chamou de novo.

— Júnior.

Dei meia-volta devagar, tentando decidir se estava chateado por ter que engajar em mais conversa fiada ou feliz por ganhar mais tempo antes de voltar para casa.

Ela sinalizou com a cabeça, pedindo para que eu chegasse mais perto. Obedeci, puxei uma cadeira e me sentei em frente à sua mesa.

— Oi.

— Oi.

Ela parecia não saber por onde começar.

— Não é nada sério. Eu só queria saber se está tudo bem. As últimas redações que você entregou foram um pouco... diferentes. Não ruins! Você é bom. Mas sua escolha de palavras me pareceu um pouco preguiçosa. Cansada.

— Ah...

Não sabia como responder a alguém ofendendo minha *escolha de palavras*, seja lá o que isso significasse.

— É compreensível, claro. A esta altura do ano a maioria dos alunos já está cansada por conta do vestibular, a pressão da faculdade e...

— Eu nem prestei vestibular — confessei.

Ela me encarou. Não disse nada. Acho que não queria julgar minhas escolhas de vida também, mas, ao mesmo tempo, parecia curiosa para entender meus motivos.

— Estou meio perdido, só isso. Talvez eu comece a trabalhar ano que vem, tente alguma bolsa numa faculdade particular. Ou faça um curso profissionalizante de alguma coisa. Não sei. Não consegui decidir a tempo e parece que perdi todas as oportunidades.

Ela soltou uma risadinha e eu abaixei a cabeça. Por mais que não quisesse ir embora do colégio, também não queria ficar ali ouvindo risadinha da professora enquanto eu contava sobre a minha vida. Ela pareceu perceber.

— Ei, calma. Eu só ri porque… porque você ainda é tão novo… — Ainda de cabeça baixa, revirei os olhos. — Você revirou os olhos, não revirou? — ela perguntou.

Foi minha vez de rir.

— Aham.

— Eu sei como é um saco ouvir isso. "Ai, você é tão novo, ainda tem muito para viver, blábláblá". Mas é verdade, Júnior. Você ainda não perdeu nem metade das oportunidades que vai perder na vida… — Levantei a cabeça, preocupado. — Não, espera. Não é bem isso. — Ela ri. — Mais ou menos. Você vai, *sim*, perder um monte de oportunidades. Mas vai ganhar muitas outras. E tem coisas que hoje parecem perdas, mas que, lá na frente, você vai acabar descobrindo que foram a maior sorte. Não tem como prever o futuro. Não vale a pena remoer o passado. A melhor hora é agora.

Absorvi as palavras e tentei encaixar os conselhos nas lacunas que a professora Aline não sabia sobre a minha vida. Queria me abrir, ter coragem de desabafar, de pedir ajuda. Mas não sabia até que ponto uma professora que conhecia apenas meus textos e minha habilidade para *escolher palavras* poderia me ajudar.

— Obrigado, professora — comecei a articular. — Mas, assim, acho que de tudo o que eu já vivi, *agora* tem sido o momento mais difícil de todos. Sei que pode parecer drama, mas… Tá tudo bem difícil, de verdade.

Ela respirou fundo, pisando em ovos junto comigo ao redor de palavras proibidas que não podíamos escolher.

— Bom, eu não disse que o agora é a hora mais *fácil*. Mas você depende do agora para melhorar o depois.

Então, não importa se você vai sair do ensino médio e entrar direto na faculdade, se vai dar um tempo e pensar no que quer fazer, se vai sair da cidade para se conhecer melhor, se vai encontrar uma... *pessoa* para dividir a vida ou só uma noite... — Engoli em seco ao ouvir "pessoa". Uma boa escolha de palavra. — Só importa que você trate o agora como um presente que a vida te dá. Uma chance de fazer algo novo, de sonhar um pouquinho mais alto. Nunca é tarde demais nem cedo demais para quem mantém a mente no presente.

Fiquei em silêncio, sem saber como responder. Eu não estava acostumado com adultos conversando comigo de igual para igual, sem me tratarem como um garoto que não sabia de nada.

— Viajei demais? — ela perguntou, mediante meu silêncio. — Às vezes eu me empolgo com essas coisas. Minha esposa é professora de yoga e ela me ensinou muito de meditação. De estar presente e aproveitar cada segundo, sabe?

Minha esposa. Abri um sorriso diante da fresta que a professora Aline tinha aberto, me dando um vislumbre rápido da vida dela fora da sala de aula. Meu coração, que estava seco feito uma uva passa, se encheu um pouquinho com a perspectiva de abrir uma fresta da minha vida para ela.

— Ela parece ser uma pessoa legal — respondi, sorrindo.

— Ela é incrível.

Fiquei em silêncio, pensando no que dizer em seguida.

— Meu ex-namorado sabe tocar piano — confessei, por fim.

O que não fazia sentido nenhum, era só uma informação solta sobre um garoto que nem fazia mais parte da minha vida. Em minha defesa, eu estava cansado e meio deprimido.

Mas, para a professora Aline, tão boa em analisar minhas palavras, aquilo foi o suficiente para entender que a) eu tive um namorado, então eu não era hétero; b) eu *tive* um namorado, então eu estava emocionalmente abalado; c) embora emocionalmente abalado, eu tinha um bom gosto para namorados, pois meu ex *tocava piano*, uma característica muito interessante em qualquer pessoa.

Ela sorriu para mim de um jeito diferente. Não foi o sorriso de professora orgulhosa de um aluno que tirou nota máxima numa prova. Sem querer me gabar, eu já havia recebido esse tipo de sorriso muitas vezes, e já estava familiarizado. Mas, aquele sorriso, na sala de aula vazia durante uma sexta-feira qualquer, significava que ela me enxergava. Que se importava comigo e acreditava que uma hora ou outra as coisas iriam ficar bem.

Para o Júnior de dezessete anos, perdido e sem esperança, aquele sorriso foi como um trampolim que me jogou lá no alto de novo, acima das montanhas de problemas que me cercavam, e me fez enxergar além, vislumbrar um lugar onde ainda valia a pena sonhar com dias melhores.

É claro que, na hora, não racionalizei nada disso. Só fui entender anos mais tarde. Porém, como ela mesma havia dito, precisei daquele agora para encarar o depois.

— Piano? Uau! Ele parece ser uma pessoa legal — ela disse, me imitando para tentar se manter na zona segura que eu mesmo havia criado.

— Ele era o máximo! — repeti, entrando no jogo da professora. — Ainda é. Tipo, ele ainda *existe*. O Otávio não morreu. Não literalmente. Quem morreu foi a gente. De certa forma.

Eu precisava calar a boca.

— Ah, Júnior… — ela começou.

— Já sei, já sei. Eu sou muito novo e blábláblá — brinquei.

— Sim — disse ela, guardando as folhas de exercícios numa pasta e sorrindo. — Você é muito novo. Sua vida está só começando. Vem muita coisa boa por aí.

Eu queria ter conseguido acreditar. Queria ter conseguido enxergar em mim o potencial que a professora Aline enxergava. Era difícil, mas, naquela sexta-feira, saí da escola disposto a tentar.

AGORA

Mais ou menos seis horas de viagem já se passaram. Agora só preciso aguentar mais três neste cárcere privado sobre rodas ao lado do meu ex-namorado que, depois de uma briga desproporcional no meio de uma lanchonete deprimente, eu mandei ir se foder. Tudo isso enquanto me aproximo cada vez mais da minha cidade natal, onde, em menos de 24 horas, vou enterrar meu pai. Pai este que passou quase metade da minha vida fingindo que eu não existo.

Tudo normal por aqui.

Voltamos para dentro do ônibus e o clima está horrível. As nuvens cinzentas que nos acompanharam durante boa parte da viagem abrem espaço para um solzinho de fim de tarde, que pinta o céu todo de laranja e ilumina meu rosto cansado. Encaro a janela do ônibus, sem coragem de me virar na direção do Otávio. Estou puto com ele, mas, ao mesmo tempo, arrependido. Sei que passei dos limites, mas ele também passou.

Estou cansado demais para conseguir lidar com pensamentos complexos. Tudo é mais fácil quando existe um lado certo e um lado errado. Um herói e um vilão. Analisar a área cinza entre os dois extremos é cansativo demais para um pobre coitado que não dorme direito há quase um dia.

Queria que meu fone de ouvido ainda estivesse com bateria. Queria escutar uma musiquinha olhando a estrada e desassociar por um tempo. Sou orgulhoso demais para pedir o fone do Otávio mais uma vez.

Olho a tela do celular. Tem uma mensagem da minha mãe enviada há uns trinta minutos.

Oi filho está chegando?

Decido não responder ainda. Ela sabe o horário do meu ônibus, sabe que só chego em Friburgo de noite. Deve estar ansiosa. Se sentindo sozinha, talvez. Meu coração aperta enquanto me dou conta de que, quando recebi a notícia na noite passada, não me dei ao trabalho de perguntar como ela estava. Mais uma vez, sou esmagado pela noção de que, do mesmo jeito que não tive bons pais, eu também nunca fui um bom filho. Isso me traz alívio e angústia ao mesmo tempo.

Imagino que, neste momento, minha mãe esteja triste, abalada. Afinal, o marido dela morreu. Mas, ao mesmo tempo, uma parte bem pequena de mim acha que minha mãe também não sentiu nada. Embora meus pais não sejam divorciados como a maioria dos pais dos meus amigos, nunca senti que os dois se amavam de verdade. Não cresci numa casa cheia de brigas, gritos e discussões furiosas, mas também nunca presenciei declarações de amor, demonstrações de carinho e sinais de companheirismo. Talvez a apatia tenha sido o modo automático do meu pai a vida inteira e isso não se aplicava só a mim. Talvez ele não se importasse com ninguém.

Mas isso nunca impediu que minha mãe vivesse a vida dela, cercada de amigas, cheia de histórias para contar. Apesar do abismo que o comportamento do meu pai criou entre nós três, ela nunca deixou de construir suas pontes para escapar de lá. Uma pena que nunca tenha me chamado para atravessar com ela. Acho que eu teria ido correndo.

Como mandei minha única companhia de viagem se foder, agora estou sozinho com meus pensamentos, sem ninguém para me ajudar a escapar de mim mesmo. Decido pensar nela. Na minha mãe. Nos momentos em que minha vida foi um pouco mais agradável por causa dela, nas vezes em que protegemos um ao outro, em nós dois morrendo de medo da solidão e nos contentando com nossas companhias convenientes.

Desde que me mudei para São Paulo, a gente se afastou naturalmente. As ligações semanais dela ficavam esparsas de vez em quando. Semana sim, semana não. Às vezes até três ou quatro semanas de silêncio absoluto até ela ligar dizendo "viu só? Lembrei que tenho filho" em tom de brincadeira.

Às vezes parecia que estava falando a verdade.

Decido parar de me sentir o pior filho do mundo e pego o celular de novo. A mensagem da minha mãe vai continuar sem resposta por enquanto. Minha busca é outra.

Abro o histórico de chamadas e procuro pela última vez em que eu liguei para ela, e não o contrário. A última vez em que a procurei, em vez de esperar sentado por qualquer demonstração de carinho e tentativa de comunicação.

Quanto mais desço pela tela, mais desesperado vou ficando. Até que finalmente encontro: 23 de março, mais ou menos três meses atrás. A última vez em que liguei para a minha mãe.

Reviro minhas memórias para tentar lembrar o motivo da ligação. Não era nenhuma data comemorativa nem aniversário de ninguém. Fecho os olhos e encosto a cabeça na janela, deixando a luz do pôr do sol pintar o interior das minhas pálpebras de cor-de-rosa. Repasso conversas que tive com minha mãe em busca de sinais. Tento lembrar das vezes em que rimos juntos. Em que tivemos qualquer tipo de conexão. Das poucas vezes em que trocamos eu-te-amos de maneira significativa, e não só como despedidas em uma ligação. É triste, mas acabo aceitando que a minha mente está buscando por sinais de que eu fui amado. De que o jeito dela de me amar esteve presente na minha vida, em gestos que eu não sabia ler porque nossas linguagens eram distintas. Não tão diferentes quanto a linguagem do meu pai. Acho que minha mãe só tinha um *sotaque* diferente do meu. Uns estranhamentos aqui e ali. Umas surpresas, tipo quando a gente descobre que em outro estado salsicha se chama vina e pão francês se chama Shirley.

O ônibus passa rápido por um quebra-molas e meu corpo inteiro balança. A lembrança chega com tudo, inesperada e devastadora. Os pensamentos agradáveis somem no exato momento em que uma nuvem passa na frente do sol e minhas pálpebras cor-de-rosa mergulham na escuridão.

MAIS OU MENOS TRÊS MESES ANTES, QUANDO LIGUEI PARA A MINHA MÃE PELA ÚLTIMA VEZ

Minha rotina de trabalho como roteirista do *Mamãe Blogueira Cast* era tranquila na maioria dos dias. A parte de escrever era fácil. Eu só precisava interpretar duas personagens com visões de mundo *bem* rasas. O que me dava trabalho era a pesquisa por trás de cada episódio. E, depois de mais de cem, era difícil arrumar assuntos interessantes o suficiente para duas mães ricas passarem horas conversando.

Era uma noite de semana no meio de março. Chovia lá fora, mas estava quente e abafado na sala. Eu e Cristiano estávamos sem camisa. Com o notebook quente no colo, fritando minhas coxas, eu encarava a tela tentando espremer o restinho de coerência que ainda restava no meu cérebro para finalizar aquele roteiro antes de dormir. Do meu lado, Cris mexia no celular em silêncio, provavelmente avaliando gays no Tinder e ignorando as possibilidades de criar alguma conexão relevante com qualquer cara naquele aplicativo.

— O que a gente vai jantar? — Cris perguntou, sem tirar os olhos do celular.

— Peraí, já decido. Só terminando aqui. Falta pouco — respondi. — O que mais eu consigo enfiar num episódio sobre fonoaudiologia para bebês? — perguntei, sem esperar uma boa sugestão do meu colega de quarto.

Cristiano riu.

— Sério, Júnior, eu não sei como você dá conta desse trabalho.

— Eu só dou conta porque meio que preciso? — respondi, tentando me ater aos fatos sem cair na crise do Estou Jogando Minha Vida No Lixo Fazendo Algo Que Não Amo.

— Sim, eu sei. Mas é que você é *bom* nisso, sabe? Em transformar qualquer assunto em uma conversa interessante. Você é muito inteligente. — Ao dizer isso, ele soltou o celular e olhou para mim.

Fiquei vermelho. Eu não entendia direito quando o Cristiano decidia me elogiar do nada. Acontecia com certa frequência, e eu nunca sabia como reagir. Não entrava na minha cabeça a ideia de que alguém pudesse me elogiar sem esperar nada em troca. E, no fundo, eu meio que *queria* que ele esperasse algo em troca. Desejava que os elogios do Cris fossem cheios de segundas intenções. Mas, de maneira geral, acho que ele só era uma boa pessoa mesmo, que gostava de colocar os amigos pra cima.

— Você nunca escutou um episódio do *Mamãe Bloguei-ra*, Cristiano — respondi, com a minha aversão a ser coloca-do para cima.

Ele riu.

— Nem pretendo. Mas assim, eu *sei* que você é bom. Todo sagaz com as palavras…

Uma lâmpada imaginária se acendeu sobre a minha cabeça.

— Boa! Posso puxar um quadro sobre primeiras palavras dos bebês. As Mamães Blogueiras comentam sobre os próprios filhos, e qualquer coisa eu invento relatos de ouvintes fictícios — comentei, digitando tudo na maior pressa para não deixar a ideia escapar.

— Viu só? — Cristiano comentou, apoiando a mão sobre o meu joelho do nada.

Eu precisava urgentemente resolver a situação complexa que era ter um colega de quarto atraente, carinhoso e sem medo de *encostar*.

— Qual foi a sua primeira palavra? — perguntei. — Você sabe?

— A primeira *primeira* eu não sei. Mas minha mãe sempre comenta que eu chamava bola de "bolo" e bolo de "bola".

— Oi? — perguntei, porque ele falou muito rápido e eu continuava desconcertado com aquela porra de mão tocando meu joelho.

— Tipo, bolo, a comida, eu chamava de bola. *Mamãe, quero comer bola* — ele explicou, fazendo uma voz de neném. Aquela conversa estava ficando cada vez mais esquisita. — E bola, o brinquedo, eu chamava de bolo.

— *Mamãe, quero jogar bolo* — completei, mas sem fazer voz de bebê porque achei que seria ridículo.

— Isso. E a sua primeira palavra, você sabe?

Parei pra pensar. Eu não sabia. Imediatamente, tentei lembrar de alguma historinha parecida com a de Cristiano. Algo engraçado que eu falava quando era criança, uma palavra trocada, uma piadinha de família.

MAIS ou MENOS 9 HORAS   213

Nada me vinha à cabeça. Cresci ouvindo muito pouco sobre mim mesmo, e a época da minha vida intocada pelas lembranças era um mistério para mim.

— Aposto que foi alguma coisa superinteligente. Tipo, sei lá, *entretanto*.

— Cristiano, eu duvido que a primeira palavra de *qualquer criança* tenha sido "entretanto" — respondi, com um sorriso. — Mas só tem um jeito de descobrir.

Movido pela curiosidade e pela leveza daquela conversa, peguei o celular e fiz uma chamada de vídeo com a minha mãe. Era mais ou menos oito da noite e, se ela ainda mantinha os mesmos hábitos de sempre, estava no sofá da sala folheando alguma revista de fofoca e esperando a novela das nove começar.

No terceiro toque, ela atendeu.

A conexão levou alguns segundos para se estabelecer e, pouco a pouco, a imagem pixelada na tela foi se transformando na minha mãe, sentada no sofá da sala, vestindo um pijama de cetim cor de pêssego e com os óculos de leitura apoiados bem na ponta do nariz.

— Oi, filho. Aconteceu alguma coisa?

A saudação padrão para quando eu ligava. O evento raro só podia significar problema, e eu odiava saber que aquela era a norma da nossa relação. Qualquer chamada fora de horários pré-estabelecidos era um alerta em potencial. Mãe e filho que não entendiam o conceito de "liguei só pra dar oi".

— Não, mãe. Tá tudo bem. Tá sozinha? — perguntei por hábito. Saber se meu pai podia ou não me ouvir mudaria completamente a maneira como eu falava com ela. Mesmo a quinhentos quilômetros de distância, a presença de João Paulo Batista ainda era capaz de me sufocar.

— Tô — respondeu ela com um sorriso feliz. — Seu pai está na rua vendo futebol, sei lá. Tá calor aí? Tá sem camisa — ela comentou. — Aqui só chove.

— Aqui choveu de tarde, mas agora tá abafado — respondi, como se estivesse de conversinha fiada no elevador.

— Cristiano tá bem? — ela seguiu com o protocolo.

Minha mãe sempre perguntava do Cristiano. No começo, quando falei que iria morar com ele, ela achou que éramos namorados. Que eu só estava disfarçando a situação com a desculpa de "morar com um amigo" para evitar qualquer dor de cabeça. Ela vivia me enchendo de perguntas específicas. Queria saber quantos quartos o apartamento tinha, se cada um possuía sua própria cama, se ele era mais velho ou mais novo... Acontece que, assim que viu o Cris pela primeira vez numa chamada de vídeo, acho que se tocou de que um cara como ele nunca namoraria um cara como eu. O que era meio deprimente. Porém, depois disso, ela nunca mais fez perguntas inconvenientes. O que era ótimo. Mas, ainda assim, deprimente.

— Tá bem, sim. Ele tá aqui do meu lado — respondi, virando o celular rapidamente para o Cris dar oi.

— Oi, tia! Boa noite.

— Boa noite, querido — ela disse, educada. E quando voltei a tela do celular para mim, completou: — Mas é bonito esse menino, viu?

— Mãe! — exclamei com uma risada. — Você sabe que ele tá te ouvindo, né?

— Claro que sei! Elogio a gente faz pela frente. Pelas costas eu só falo mal.

— Tá certa, tia! — Cris gritou, arrancando um sorriso da minha mãe antes de se levantar e ir tomar banho, provavelmente querendo me dar privacidade e se livrar de qualquer constrangimento futuro.

— Falando nisso — ela continuou —, lembra da Claudia que trabalhou um tempo comigo lá na clínica? Ela ficava na recepção de noite.

— Não lembro.

— A Claudia, Juninho! Mãe daquele menino que estudou com você no colégio. Aquele magrinho que jogava bola.

— Mãe, você está descrevendo oitenta por cento dos meninos que estudaram comigo. Não sei quem é.

— Ai, Júnior, claro que sabe. A *Claudia* — insistiu.

Eu precisava ceder ou aquilo duraria horas.

— Ah, sim! *Aquela* Claudia. Do cabelinho meio... — Fiz um gesto vago ao redor da cabeça.

— Isso, do cabelinho curto que ela pinta de loiro, mas só retoca quando a raiz já está *deste* tamanho — ela explicou, mostrando com os dedos o tamanho que supostamente é absurdo para uma raiz. — Você não vai acreditar. Ela tá vendendo rifa de ovo de Páscoa.

— Isso é bem fácil de acreditar, mãe.

— Ainda não acabei — ela rebateu, levantando o dedo indicador como quem pede atenção para o que vem a seguir. — Tá vendendo rifa pra tentar dar um jeito nas dívidas que o marido dela arrumou por causa daquele joguinho de aposta no celular. Disse que até o carro vai ter que vender. Ele não soube a hora de parar e quando viu já estava devendo coisa de *cinquenta mil* — Ela sussurrou o valor como se não tivesse contado o resto da história toda em voz alta.

— Meu deus — falei. — Que situação. Coitada da Claudia. Você comprou uma rifa dela?

— Eu não. Ovo de Páscoa caseiro feito com aqueles chocolates hidrogenados? — Ela fez cara de nojo. — Tô fora.

Eu ri.

— Mãe, o que custa ajudar uma amiga?

— Júnior, se eu for parar pra ajudar todo mundo que precisa, quando eu vou ter tempo pra *mim*? — ela perguntou.

Era uma pergunta retórica, claro. Mas, deitada no sofá com seu pijaminha confortável esperando a hora da novela, minha mãe chegava a me causar inveja com o tanto de tempo que tinha para si mesma. Me perguntei se um dia chegaria a minha vez. Se deveria comprar um pijama de cetim cor de pêssego também.

— Deixa eu te perguntar uma coisa — falei, mudando de assunto. — Você sabe qual foi a primeira palavra que eu disse? Tipo, na vida.

— A primeira? Primeira *primeira*? — Ela coçou o queixo, pensativa. — Ih, filho, não lembro. Você chamava carne moída de carne morrida, lembra?

Sorri.

— Lembro. Mas isso eu era grande já.

O olhar da minha mãe se iluminou de repente.

— Sabe onde tem isso? No seu álbum do bebê.

— Eu *tenho* um álbum do bebê?

Ela pareceu ofendida com a pergunta.

— Claro que tem! Era moda quando você nasceu. Toda criança tinha um álbum do bebê. Que tipo de mãe você pensa que eu sou? — Eu não tinha coragem de responder que tipo de mãe eu pensava que ela era. — Peraí, vou buscar. Tá em cima do guarda-roupa.

Antes de terminar a frase ela já tinha saído, deixando a câmera do celular apontada para o teto. Esperei alguns minutos, ouvindo o barulho de portas batendo e caixas se abrindo, até ela voltar com um álbum de fotos grande e azul.

— Eu tenho certeza de que está anotado em algum lugar aqui... — falou, folheando as imagens. — Olha só! — Ela levantou o álbum, mostrando uma página com quatro fotos. Apesar da qualidade questionável da chamada de vídeo, dava para ver cada uma delas.

Na primeira, eu, ainda bebê, estava deitado no berço, com um macacão verde estampado com bichos da selva. Na segunda, eu estava pelado numa banheira, com os braços da minha mãe me segurando; impossível não reconhecer as unhas vermelhas dela. Na terceira, eu estava todo embrulhado num cobertorzinho de lã. Eu devia ter uns seis meses de vida, porque ao fundo da foto dava para ver uma árvore de Natal. E na última, com uma camisa listrada de azul e branco, eu sorria sem dentes no colo da minha mãe. Ao lado dela, meu pai nos abraçava. Ele sorria olhando para mim, na época em que eu ainda era aquela coisinha pequena. Uma bolinha de possibilidades para ele. Nenhuma decepção à vista. Era uma foto de família perfeita.

— Você era tão pequenininho — ela murmurou. — Parece que eu pisquei e puf! Virou esse homão de dois metros. — Os olhos dela pareciam marejados, mas talvez fosse coisa da minha cabeça, desesperado para estabelecer um momento de conexão emocional com a minha mãe.

— Eu tenho um e *oitenta e seis*, mãe — corrijo.

— Aqui, olha. — Ela mostrou uma página do diário com linhas em branco e algumas anotações. — Você nasceu com quarenta e nove centímetros. Não tinha nem meio metro! Quando foi que você cresceu tanto assim, Júnior?

Racionalmente, eu sabia responder. Fui crescendo aos poucos, num ritmo normal até os treze anos, quando do nada eu espichei e ganhei a altura que carreguei para a vida adulta. Mas dava para perceber que minha mãe não estava atrás de respostas racionais. Talvez estivesse se dando conta de que as decisões que tomou durante a minha adolescência fizeram com que ela perdesse meu crescimento. Como uma novela que você fica muitas semanas sem acompanhar e, quando volta a assistir, os protagonistas apaixonados descobriram que são irmãos, a madrasta está sendo procurada pela polícia e tem pelos menos uns dois assassinatos sem solução.

Lambendo a ponta do dedo indicador enquanto passava as páginas, minha mãe olhava atentamente para o diário em busca da informação que eu pedi.

— Aqui! — ela exclamou, mostrando outra página de anotações. — Tem tanta coisa anotada aqui! Sua primeira comida sólida foi purê de cenoura. Seu brinquedo favorito era um leãozinho de pelúcia. Sua primeira palavra... — Ela deslizou o dedo pela página lentamente. — Achei!

— Qual foi? — perguntei, ansioso.

O sorriso foi se desfazendo aos poucos e ela respirou fundo, como se estivesse se preparando para me dar a pior notícia do mundo. Ela fechou o diário, mordeu o lábio, olhou para a câmera e me respondeu.

— Papai.

AGORA

— **Minha primeira palavra foi** "papai", acredita? — digo, do nada.

Ao meu lado, Otávio se assusta. Depois de quase uma hora de silêncio desconfortável, sinto vontade de voltar a conversar.

— Hã? — ele praticamente rosna.

— A primeira palavra que eu disse na minha vida, dentre todas as palavras que um bebê pode dizer, foi "papai". Parece brincadeira do destino, não parece?

— Hum — ele murmura, encarando as próprias unhas sem se dar ao trabalho de olhar para mim.

Tá legal, preciso virar gente e me desculpar antes.

— Otávio — chamo. Espero dois segundos, pigarreio e, só então, ele levanta a cabeça. — Desculpa por tudo que rolou lá no Graal. Por ter gritado, feito escândalo e por ter mandado você...

— Ir me foder — ele completa.

— Isso. Por ter mandado você ir se foder. Foi o calor do momento. Acho que eu não estava pronto para ouvir certas coisas e acabei ficando meio reativo. Então... me desculpa.

Ele não responde de imediato. Não me perdoa, não sorri nem sela o momento com um abraço desengonçado de lado como achei que aconteceria. Em vez disso, ele respira fundo e solta o ar bem devagar.

— Eu também te devo desculpas, Júnior. Não foi legal o jeito como eu falei contigo. Ainda mais num momento tão delicado. Fui meio egoísta — diz, por fim.

— Eu também fui.

— E bastante grosseiro.

— Eu *também* fui — repito.

Ele ri antes de continuar.

— A real é que eu só estava cansado, estressado e explodi. Descontei minhas frustrações em cima de você sem a menor necessidade. Porque te reencontrar do nada nesse ônibus me fez relembrar de tanta coisa. Colocou tudo em perspectiva, sabe? Me fez perceber que, sei lá, eu não sou feliz. — Otávio olha para mim e dá para ver a tristeza no fundo daqueles olhos verdes.

— Eu também não sou — confesso.

Nós dois sorrimos. A calmaria que vem depois de encontrar um lugar comum com alguém que a gente gosta. Mesmo que este lugar comum seja a tristeza.

— Como você tá, Júnior? — ele pergunta. — Tipo, de verdade. Sem essa de ficar mascarando seus sentimentos. De ficar gritando *"meu pai morreu"* para tentar provar alguma coisa.

Reviro os olhos com uma risada.

— Desculpa por isso — digo. Ele assente, mas continua em silêncio, esperando uma resposta que eu ainda não sei ao certo qual é. Então, começo pela parte que eu sei. — Quando a minha mãe me ligou e me deu a notícia, eu não senti nada de imediato. Daí a parte estranha foi que, logo depois, quando consegui racionalizar o fato de que, bom, *meu pai morreu...* — Balanço as mãos, fingindo que estou gritando no Graal de novo. Otávio não ri. Beleza, vamos falar sério então. — Quando a ficha caiu de verdade, eu fiquei mal. Mas não por causa da morte dele. Fiquei mal por me sentir... a palavra não é *feliz*, é mais tipo...

— Aliviado? — Otávio sugere.

— *Aliviado* — repito, aproveitando a sensação gostosa de encontrar uma palavra que se encaixa direitinho no buraco emocional dentro de mim. — Acho que é isso. Porque depois desses anos todos me esforçando *tanto* para me aproximar dele... É um alívio saber que essa corrida acabou. Que ninguém saiu perdendo. Mas ninguém venceu também. É aquele alívio que bate quando cancelam um rolê que você não estava a fim de ir. Mas, ainda assim, você precisa *fingir* que tá triste e, ao mesmo tempo, refazer todos os seus planos. Acho que é isso que tá pegando agora, sabe?

— Refazer os planos?

— Isso — respondo, mordendo o lábio para pensar melhor. — Um rolê cancelado em cima da hora me dá uma noite livre numa sexta-feira. Mas meu pai morrendo do nada me deu... uma vida inteira livre. O que eu faço com esse tanto de tempo, Otávio?

— Boa pergunta — diz ele. — O que você sempre sonhou em fazer?

A pergunta me pega desprevenido.

— Sei lá. Eu sempre quis trabalhar com...

— Não — ele interrompe. — Trabalho não é sonho. É objetivo.

— Papinho de *coach*, Otávio...

— Mas é sério. Se você *sonha* com uma carreira, ela fica sempre naquela parte do cérebro onde tudo é bonito e dá certo o tempo todo. E trabalho é meio a meio. Metade é pesadelo também. Sonho tem que ser aquelas coisas que você quer fazer *por você*. Aquilo que você pensa antes de dormir para acalmar a mente. Aqueles cenários onde tudo dá certo porque não tem *como* dar errado. Entende?

— Mais ou menos… deixa eu pensar. — Reviro o cérebro em busca de qualquer coisa que se encaixe na definição de sonho do Otávio. Penso em algumas. — Olha, não ri, tá bom?

— Prometo.

— Eu sempre sonhei em acampar.

— Hum — Otávio murmura, e não parece estar me julgando, só esperando que eu explique melhor.

— Tipo, acampar de verdade, sabe? No topo de uma montanha, talvez. Ver o céu sem nenhuma nuvem. Acordar cedo e preparar café numa fogueira. Ver o sol nascendo. Silêncio total. Só o vento balançando as árvores.

Otávio abre um sorrisão.

— Me parece um bom sonho.

— Eu também sempre quis fazer aula de natação. Eu sei nadar, mas, assim, de qualquer jeito, sabe? Queria aprender a nadar bonito. A mergulhar com o corpo assim, ó. — Mexo os braços, tentando imitar um golfinho. — Tipo um golfinho.

— Eu não sei nadar. Mas tenho medo de mar. Daí nunca quis aprender — ele comenta. — Mas sabe uma coisa que eu *sempre* quis aprender? Andar de moto.

— Puta merda, Otávio. Você tem medo de *mar*, mas acha ok andar de moto? — pergunto, indignado.

— Não ri — ele pede. — Mas eu acho, tipo, sexy? Homem de moto, sabe?

— Motopapi — brinco, imaginando Otávio pilotando uma moto e concluindo que, sim, ele tem razão. — Sabe o que *eu* sempre quis fazer pelo simples motivo de achar sexy?

— Hã?

— *Piercing no mamilo* — sussurro.

— Ai! — Otávio geme de dor, segurando os próprios mamilos. — Morro de medo. Mas, sim, entendo o apelo.

— A dor nem me assusta tanto. É mais a ideia de que, sei lá, pode parecer meio aleatório? *Olha lá o Júnior, roteirista medíocre com seu cabelinho bagunçado, óculos sujos e, do nada, piercing no mamilo!* Tenho medo de não combinar comigo.

— Ah, claro — Otávio fala, pensativo. — Porque a Polícia do Piercing no Mamilo está *sempre* de olho! — Ele ri.

— Ai, para! Não vale rir do sonho bobo do cara que perdeu o pai!

Ele ri mais ainda e completa:

— Não! É que, no fundo, eu acho *ainda mais* sexy assim, sabe? *Olha lá o Júnior, roteirista em ascensão, com seu cabelo volumoso, carinha de bom moço e, do nada, piercing no mamilo!* Entende o apelo?

Abro um sorrisinho sem graça e ele responde com um sorriso de verdade, mostrando os dentes. Dadas as circunstâncias (ele é meu ex, brigamos no Graal, estamos em um ônibus e meu pai morreu), eu não deveria estar com tanto tesão.

— Obrigado por me enxergar assim — digo, aceitando o elogio. — Me sinto lisonjeado.

— Vamos combinar assim, então. Eu aprendo a andar de moto e te levo para colocar piercing num mamilo. Ou nos dois.

— Nos dois — respondo sem titubear.

— Perfeito. E depois te levo para acampar e ver o sol nascer no silêncio. Não logo depois. Tem que esperar seus mamilos cicatrizarem direitinho antes de ir para o meio do mato, acho.

— É o mais sensato a se fazer mesmo.

— E aí? O que me diz?

Eu paro e penso. Imagino uma vida cheia desses pequenos sonhos que só exigem um pouco de dinheiro e força de vontade. Nada absurdo como me tornar o maior roteirista que esse país já viu. Ou, mais absurdo ainda, ter uma relação saudável de pai e filho. Penso em como pode ser gostoso ir realizando uma coisa pequena atrás da outra para depois olhar para trás e perceber que todas elas viraram uma coisa grandona. Uma vida feliz.

— Eu gosto da sua ideia, mas acho que vou ter que recusar — respondo, por fim.

O sorriso dele se desfaz um pouquinho, mas ele continua me encarando, aguardando uma justificativa.

— Acho que eu já passei tempo demais querendo ser alguém melhor pros outros, sabe? Buscando em qualquer um o amor que não recebi em casa. Um gay com *daddy issues*, chocante, né?

— Quem poderia imaginar? — ele brinca, fingindo surpresa.

— Mas, calma, nem tudo está perdido! Vamos fazer assim. — Levanto o dedo indicador para capturar a atenção dele. — Eu furo meus mamilos, na cara e na coragem. Meses depois, com mamilos cicatrizados e saudáveis, aprendo a nadar. Vou acampar. Viajo para lugares bonitos. Conheço coisas novas, cuido da minha cabeça e viro uma pessoa um pouquinho melhor. Daí um dia eu te ligo e falo *oi, Otávio, tô pensando em acampar no final de semana, coisa que já fiz diversas vezes sozinho, mas dessa vez tô a fim de companhia pois ninguém aguenta ser autossuficiente o tempo todo*, e você responde *nossa, Júnior, que coincidência, estava aqui pilotando minha moto, coisa que aprendi a fazer para ser meu próprio Motopapi, e adoraria te levar na garupa para acampar!* E então a gente vai. Feito dois adultos resolvidos que sabem o que querem e correm atrás dos próprios sonhos. Que tal?

— Uau — ele diz, piscando algumas vezes. — O seu plano é mil vezes melhor do que o meu.

— Nada mal para um cara que tá todo fodido da cabeça, né?

Ele ri.

— É, nada mal.

Nós dois respiramos fundo ao mesmo tempo, como se tivéssemos ensaiado. Estico as pernas na medida do possível e inclino ao máximo o recosto do banco. Otávio faz o mesmo.

— Otávio — chamo.

— Oi.

— Posso... posso deitar no teu ombro?

Ele não responde. Só ajusta a postura, virando um pouquinho o corpo para a esquerda, e alisa o próprio ombro, como se fosse um travesseiro humano se preparando para me receber. Eu deito. Sou mais alto do que ele, mas me sinto pequenininho espremido nesse banco de ônibus. Minha respiração se acalma e meu peito se enche de coisas que não consigo identificar. As coisas não identificadas começam a borbulhar lentamente, subindo do peito até a garganta e, por fim, chegando nos meus olhos.

— Otávio — chamo de novo.

— Oi — ele sussurra.

— Posso chorar um pouquinho?

— Hum? — Ele parece confuso.

— Não quero explicar. Só queria... chorar. Só um pouco.

— Dá aqui. — Ele estende a mão na minha frente e não preciso pensar muito para entender o que ele quer.

Tiro meus óculos e entrego para ele.

O gesto me emociona um pouco. Ninguém nunca se ofereceu para segurar meus óculos enquanto eu choro. Mas, até aí, eu também nunca pedi permissão para chorar no ombro de alguém antes.

Respiro fundo e, me sentindo seguro, choro pela primeira vez desde que a minha mãe me ligou com a notícia. É um choro silencioso como a montanha do meu sonho de acampamento. Uma lágrima seguida da outra, escorrendo pelas minhas bochechas e molhando um pouco a camiseta do Otávio. Ele parece não se importar. Que bom.

Que bom que ele está aqui. Que bom que a gente conseguiu se acertar. Que bom que *isso tudo* dentro de mim finalmente está saindo em forma de choro.

Fecho os olhos e deixo as lágrimas escorrerem.

É um choro de alívio.

AGORA?

Quando abro os olhos, o ônibus está inundado pela luz do sol, que entra por todas as janelas. O que é meio estranho.

Levanto a cabeça e olho para o lado. Quase solto um grito ao perceber que não estava mais apoiado em um adulto de olhos verdes, ombros largos e pescoço cheiroso. Quem está ao meu lado é um garoto de cabelo desgrenhado, pele pálida e uniforme de escola estadual.

— Você sou eu? — pergunto, encarando o menino.

— Sou — ele responde, como se aquela fosse uma interação normal.

— Eu tô sonhando, não tô? — pergunto, só para confirmar.

— Sim. E, conhecendo a gente, esse vai ser um sonho daqueles bem elaborados e cheios de detalhes bizarros. Daqueles que a gente acorda e nem parece que dormiu, porque passamos o tempo todo pensando demais. — Ele revira os olhos.

— Aff. Clássico Júnior — suspiro.

— Se prepara, então.

— Isso aqui vai ser tipo o Conto de Natal do Dickens? Você é o Fantasma do Júnior do Passado? Eu vou ter que encontrar o Fantasma do Júnior do Futuro? Por favor, diz que não. Tô num momento em que eu realmente não queria ter que encarar a fragilidade da vida e tal...

— Eu achei que você fosse o Fantasma do Futuro. Com essa cara acabada...

— Vai se foder, Juninho.

Ele ri.

— Mas, sério, a gente precisa mesmo dessa barba desgrenhada? — pergunta.

Coço meu queixo barbado etéreo enquanto penso.

— Sei lá. Dizem que é a "maquiagem do homem".

— Existe maquiagem feia, né?

Um bom argumento. Esse garoto tem futuro.

— Faz sentido. Vou pensar nisso quando eu acordar.

— Combinado. E de resto, tá tudo bem por aí?

— Tá tudo meio esquisito. Nosso pai morreu.

Ele parece não se abalar.

— Eu sei.

— Como?

— Eu sou você. É seu sonho. Tudo aqui é você. Esse banco é você! — Ele aponta para o recosto do banco da frente que, imediatamente, ganha minha boca, meu nariz e meu par de óculos.

— Eu sou você — o recosto do banco diz, olhando na minha direção.

—Ai, pode ir parando — protesto. — Nada de sonho maluco hoje. Eu preciso descansar! —Ao meu lado, o Júnior mais novo ri. O som me pega de surpresa. É a minha risada de sempre, que já estou acostumado a escutar e odiar. Mas existe uma inocência nela, uma pureza de algo que ainda não foi destruído pela vida. O som esmaga meu coração um pouquinho. — Desculpa, viu? — digo para ele.

— Você se desculpa demais — ele rebate.

— Mas é que... — Tento organizar as palavras, mas é difícil quando não tenho controle racional sobre elas. Isso tudo aqui está sendo roteirizado por uma parte da minha consciência que não consigo acessar. — Eu poderia ter me tornado uma pessoa melhor. Por você.

— Você saiu de Friburgo, desbravou uma cidade enorme, fez vários amigos...

— Alguns — corrijo.

— Trabalha escrevendo, leva uma vida tranquila, já namorou e terminou e namorou de novo, foi em festas, beijou em público, andou de mãos dadas, transou com um monte de caras...

— ALGUNS! — corrijo de novo.

— Eu nunca imaginei que isso aconteceria com a gente, sabe? — Ele olha para baixo e cutuca a pele ao redor das unhas roídas. Clássico Júnior. — Você lembra o que costumava pensar quando tinha a minha idade?

Respiro fundo antes de responder. Eu pensava em um milhão de coisas quando tinha a idade dele, mas sei exatamente do que o Fantasma do Júnior do Passado está falando.

— Que a gente não ia passar dos vinte — digo, por fim.

Ele levanta a cabeça.

— Amanhã a gente faz trinta. Dez anos vencendo, cara.

Abro um sorriso.

— Dez anos vencendo — repito.

Juninho me dá um tapinha na coxa, se levanta e avança um passo na direção do corredor do ônibus.

— Deu minha hora. Obrigado pela conversa — anuncia.

Tento me levantar também porque quero abraçar aquele garoto, mas meu corpo fica pesado e não consigo controlar meus movimentos. Estou preso na poltrona da janela. Espero que este sonho não dure nove horas também.

— Tchau — digo, mas ele já sumiu.

Num piscar de olhos, outra pessoa surge pelo corredor. Ela se aproxima, observa o banco vazio ao meu lado e se senta.

— Oi, amigo — diz, do jeitinho como me chamava nos tempos de escola.

— Larissa? O que você tá fazendo aqui?

Ela se senta de lado, com os cabelos pintados de vermelho e presos no rabo de cavalo alto que sempre usava. Me encara bem nos olhos e diz com a voz séria:

— Trago uma mensagem do passado.

Meu coração etéreo acelera.

— Sério?

— Claro que não. Você lembrou de mim durante a viagem daí eu provavelmente fiquei ali num cantinho do seu cérebro esperando uma deixa para aparecer. Mas já que estou aqui, me conta como é o futuro.

— Hum. — De novo não. — Por aqui tá tudo meio esquisito, ontem minha mãe me ligou e...

— Não, o meu futuro — ela interrompe.

A pergunta é ainda mais difícil.

— Eu... eu sei bem pouco, na verdade. — Não sei como explicar. — A gente não é mais tão amigo, sabe? A vida meio que... afastou a gente. Naturalmente e tal.

— Mas você não sabe mais nada sobre mim? — ela pergunta, em choque. — Tipo, nada nadinha? Pode ser que eu tenha morrido e você nem sabe?

— Não, também não é assim! — Me apresso em acalmar a versão imaginária daquela que já foi minha melhor amiga. — A gente se segue no Instagram. Semana passada você postou um *story numa viagem com seu noivo. Vocês estavam numa praia bem bonita.*

— Hã? — Ela parece confusa.

— Você tem um noivo. Desculpa, eu não lembro o nome dele. Mas ele é bem alto, bonitão e tal. — Decido deixar de fora algumas informações, tipo o fato de ele ser calvo e ter tatuado a frase "Mãe é para sempre" com uma fonte horrível no meio do peito.

Ela continua confusa.

— O que é um story? — Larissa questiona.

— Ah, sim! — Dou um tapinha na testa. Dãã. — É uma foto que você publica na internet para os seus seguidores. Mas só dura vinte e quatro horas. Depois disso some.

— Uau — Larissa suspira, surpresa. — Que coisa mais idiota.

— Tem razão, amiga. Tem razão.

Ela passa a mão por trás da orelha, tirando uma mecha de cabelo que não existe. Uma mania que Larissa sempre teve.

— Quando der, então, manda um alô pra mim. Para a Larissa adulta e tal. Pergunta como eu tô. Como vai minha vida. Se meu noivo é gente boa mesmo. — Ela sorri. — Entendo que a gente se afastou, parou de se falar; ninguém leva a melhor amiga do ensino médio pro resto da vida. Mas tenho certeza de que tem algum pedacinho dela que ainda se dá bem com algum pedacinho seu.

— Deixa comigo — respondo, torcendo para o Júnior Acordado se lembrar disso. — Não vou te esquecer.

Ela sopra um beijinho no ar e se desfaz, virando purpurina pelo corredor do ônibus. Tento pegar algumas partículas cintilantes no ar e acidentalmente dou um tapa na próxima pessoa que aparece para se sentar ao meu lado.

— Ai! — ela exclama. — Que susto.

— Desculpa, professora Aline.

Minha professora do ensino médio ri e se acomoda na poltrona ao lado. Ela não carrega a postura séria de sempre. Está relaxada, vestindo uma manta de lã cinza e calça de moletom. Imagino que ela seja assim quando está de férias.

— Pode me chamar só de Aline. Você não é mais um garoto, Júnior.

— Tá bom, Aline — respondo. — Deixa eu adivinhar: você estava vagando pelas minhas lembranças recentes e decidiu dar uma passadinha aqui também?

— Acho que sim. Talvez você esteja precisando de alguém que te lembre o quanto você é bom. — Abaixo a cabeça, sem graça com o elogio, mesmo sabendo que, em tese, ela sou eu, elogiando a mim mesmo. Sonho narcisista do caralho. — Mas também preciso te falar que só ser bom não adianta de nada quando você não põe em prática o que nasceu para fazer.

— Porra, Aline! Podemos voltar para a parte em que você só me elogiava? — pergunto. — Desculpa o palavrão.

— Pode xingar na minha frente, Júnior. Como eu disse, você não é mais um garoto.

Ela sorri enquanto conversa, mas suas palavras são duras. Me machucam um pouco.

— Às vezes eu queria voltar a ser, sabe? Um garoto. Queria poder ter uma segunda chance, ser garoto de novo. Reaprender a viver. Acho que não mandei muito bem da primeira vez.

— A maioria das pessoas não "manda bem" de primeira — ela responde. — E a parte ruim é que na vida não dá para voltar atrás e revisar os erros.

Continuo olhando para baixo, engolindo mais uma verdade difícil.

Ela toca meu joelho.

— Mas... — Aline continua. — A parte boa é que sempre dá para tentar de novo.

— E errar de novo — brinco.

— Um erro diferente atrás do outro. E, às vezes, o mesmo erro duas vezes, porque o ser humano é meio burro. — Ela tira a mão do meu joelho, toca meu queixo e levanta meu rosto. Eu a encaro. Diferente das minhas lembranças de adolescência, ela deixou de ter aquela postura de autoridade. É mais uma postura de sabedoria. — Só me promete que não vai deixar o medo de errar impedir que você jogue.

Paro e penso.

— Professora... quer dizer, Aline. Eu acredito que essa seja uma citação do filme A Nova Cinderela, *estrelado pela Hillary Duff.*

— Júnior. — Ela ri. — Eu sou uma projeção da sua mente. Só possuo as suas referências.

— Faz sentido. — Coço o queixo, pensativo. — Se é assim, se você não é de fato você, acho que não vou conseguir a resposta pra uma pergunta importante, mas vou perguntar mesmo assim.

— Manda ver — ela diz, piscando várias vezes e cruzando os braços.

— É verdade que a senhora morava num chalé em Lumiar com uma vira-lata chamada Sapatão?

Aline ri.

— Eu não sei. Mas aqui dentro — ela gesticula com os braços, apontando para o ônibus ao nosso redor — tudo pode acontecer. Então me diz você. É verdade? Conta a minha história.

— Eu acho que sim — respondo, decidido. — Você morava lá com a sua esposa. O chalé de vocês era charmoso, mas meio bagunçado. Tinha livros espalhados e cheiro de incenso

no ar. Vocês brigavam às vezes porque ela era calma demais e você, enérgica demais. Mas sempre faziam as pazes antes de dormir porque acreditavam que esse era o segredo de um bom casamento. Nunca dormiam brigadas. E quando dormiam, a Sapatão pulava na cama e se aninhava nos pés de vocês. Ela era uma cadela agitada, resgatada no meio do mato ainda filhote, e não tinha noção do tamanho que tinha. Ela saltava pela casa, derrubava livros no chão, rasgava o sofá e vocês sempre remendavam com um pedaço de tecido diferente. Sapatão viveu por mais anos do que qualquer cachorrinha no mundo e, assim como você, ela teve uma vida triste no começo, mas feliz até o fim.

A professora Aline deixa escorrer uma lágrima e, dentro do meu sonho, ela tem lágrimas cintilantes.

— Eu gosto dessa história — afirma. — Agora pensa em outra. E depois outra. E mais uma atrás da outra. Você é bom nisso.

— Obrigado.

— Ah, Júnior. — Ela suspira. — Não precisa agradecer. Não estou dizendo nada que você não saiba. O problema é que às vezes você esquece.

— Vou tentar lembrar mais vezes.

— Muito bem — ela diz, como se estivesse avaliando uma redação minha mais uma vez. — E, quando lembrar, tenta não esquecer. Combinado?

— Combinado.

Ela se levanta, envolve o corpo mais uma vez na sua mantinha de lã e desaparece corredor abaixo.

Estou sozinho de novo e, seguindo a lógica, a qualquer momento outra pessoa do meu passado vai aparecer aqui para me dar alguma lição que preciso aprender nesta jornada. Estou torcendo para que seja o Otávio do Passado. Quero contar que ele de fato virou advogado e tem uma lava-louças em casa. Contar que a gente se reencontrou no acaso mais bizarro do destino, que tivemos uma briga de filme no meio do Graal, que nos perdoamos e que ele me ofereceu um ombro para eu chorar.

Mas, quando a próxima pessoa se aproxima e ocupa o lugar ao meu lado, solto um grunhido engasgado.

— Júnior, professor de spinning?

— Surpreso em me ver? — ele pergunta, com uma risadinha gostosa.

Por trás do filtro do meu sonho que deixa tudo mais cintilante e bonito, Júnior está ainda mais gostoso do que na vida real.

— Não, é só que... — Penso um pouco e decido ser honesto, afinal ele não é uma pessoa de verdade, e pessoas de mentira não são capazes de se magoar. — É que eu achei que esse sonho seria meio que a reta final da minha jornada de autoconhecimento, sei lá. Que eu iria confrontar meu passado e aprender para o futuro. E você... você é um cara legal e tal, mas meio que... não significou nada na minha vida, sabe?

Como previsto, Júnior de mentira não parece magoado. Ele ri.

— Eu sou o dono da melhor bunda que você já comeu na vida.

Putz.

— É, não tenho como negar.

— E, só pra constar, você não é dono do melhor pau que já me comeu na vida.

— Porra, Júnior, não precisa humilhar também.

Ele ri.

— Só estou aqui para cobrar a história que você me prometeu. O detetive gay solucionando crimes gays.

A lembrança do roteiro que nunca escrevi me acerta como um soco no estômago. Penso em argumentar que só o detetive é gay e que os crimes não precisam necessariamente serem gays também. Na real, é até melhor que os crimes sejam héteros, para me poupar de jovens na internet que não estão prontos para lidar com gays criminosos porque medem todos os gays fictícios com uma régua moral humanamente impossível de existir. Mas lembro que estou preso em um Ônibus dos Sonhos e nenhum desses argumentos fará a menor diferença aqui.

— Vou terminar de escrever, juro.

— Você só fala, mas nunca termina de verdade.

— A vida é corrida, sabe como é... — respondo, um pouco surpreso com a petulância deste homem incrivelmente delicioso que apareceu aqui do nada para humilhar meu desempenho sexual e julgar minha procrastinação.

— A vida é curta, isso sim — ele rebate. — Curta demais para não fazer o que você tem vontade. Curta demais para viver no piloto automático, emprestando suas palavras para duas mamães blogueiras hipoteticamente bilionárias.

— Ai, já deu, né? — digo, impaciente. — Isso tudo nem é você falando comigo. Sou eu mesmo fantasiado de você dizendo coisas que eu preciso ouvir, mas não quero!

Ele arregala os olhos, desmascarado.

— Desculpa — diz o professor de spinning saborosíssimo. — Se quiser, posso me redimir tirando a roupa agora e transformando isso aqui num sonho erótico.

Considero a ideia por um instante. É tentadora.

— Melhor não. Estou dormindo no ombro do meu ex. E meu pai morreu. Péssimo momento para um sonho erótico.

Ele curva os lábios suculentos para baixo, tadinho.

— Que barra, carinha. Mas eu posso aparecer nos teus sonhos de novo qualquer hora dessas e a gente tenta mais uma vez. Pode ser?

— Combinado.

— Semana que vem tô livre.

— Não sei quanto tempo vai durar meu luto. Acho que nem começou ainda. Mas vou te avisando.

— Beleza. Vai me avisando.

Faço um joinha com a mão direita e, assim, encerro a interação Tipicamente Gay com meu professor de spinning (ex-professor, considerando que nunca mais pisei numa aula dele desde que transamos/tomamos banho juntos). Ele se levanta e sai pelo corredor e eu, é claro, estico o pescoço para olhar a bunda perfeita dele pela última vez.

Mas nem isso eu consigo fazer, porque, do nada, tudo fica escuro.

Meu corpo se solta do banco e eu tropeço, cambaleando pelo corredor sombrio.

O ônibus está vazio, e um feixe de luz demarca o caminho adiante. Daqui de onde estou, o ônibus fica infinito, como os metrôs da linha amarela que não têm divisão entre um vagão e outro e parecem não acabar nunca.

Na vida real, eu jamais faria isso, mas, como isso aqui é um sonho e o show tem que continuar, meu corpo ganha vida própria e começa a atravessar o corredor escuro e apertado do ônibus sem fim. Luzes rápidas atravessam as janelas. O veículo está em velocidade máxima, mas, ao mesmo tempo, aqui dentro tudo parece parado. Sufocante. É difícil dar um passo após o outro, mas eu continuo mesmo assim. Meus pés estão pesados, com medo do que me espera.

A luz no fim do corredor se aproxima aos poucos. É pequenininha no começo e vai crescendo, crescendo e crescendo.

Iluminando meu rosto até eu precisar semicerrar os olhos para me acostumar com o clarão.

O corredor terminou. Cheguei na frente do ônibus vazio. Não há mais ninguém aqui além de mim e do motorista, que guia o volante enorme com uma expressão serena e concentrada.

— Oi, pai.

— Júnior — diz o homem atrás do volante.

De certa forma, eu me pareço com ele. O mesmo nariz pontiagudo, as mesmas sobrancelhas grossas, o queixo levemente torto para a esquerda. Mas ele é menor do que eu. Mais baixo, tem os braços mais magros e um corpo esguio com aquela barriga de cerveja de sempre. Um homem frágil que, mesmo assim, conseguiu me intimidar a vida inteira.

Sei que este motorista de ônibus é só uma colagem de lembranças. Aqui dentro do sonho, minha cabeça agitada consegue racionalizar o fato de que ele não é assim de verdade. Nem sei como ele estava antes de morrer. Não lembro quando nos vimos pela última vez. Não sei se seus cabelos estavam mais grisalhos, se seu olhar estava mais cansado. Provavelmente sim, porque é isso que o tempo faz com a gente.

Ficamos um momento em silêncio enquanto ele dirige. Olho para a frente e, assim como o corredor do ônibus, a estrada também parece infinita. Uma faixa de asfalto reta e comprida, cercada por luz branca de todos os lados. Não há céu nem árvores. Só luz.

Chego a pensar "será que eu morri?" antes de lembrar que o morto é ele.

— O que você está fazendo aqui? — pergunto.

Ele só balança a cabeça. Meu pai, assim como foi em vida, não tem interesse em falar comigo. Mas agora ele não pode mais fugir. Não pode me mandar ir para o quarto ou ignorar minha existência. Ele vai ter que me ouvir falar.

— Olha, pai — começo. — Apesar de tudo, eu acho que não te odeio, sabe? Ninguém passaria tanto tempo correndo atrás da atenção de alguém que odeia. Mas a verdade é que... eu não te amo. Acho que pais e filhos já nascem com um amor de fábrica. Um amor que veio no pacote no dia em que eu virei seu filho e você virou meu pai. A questão é que a gente não fez nada com esse amor. Ele não cresceu, sabe? Não deixou de ser aquele amor ideal e garantido para se tornar um amor de verdade, de gente real. E o tempo passou e passou e...

— O amor morreu — ele completa.

— Você deixou morrer. Você era o adulto. Você conhecia a vida. E agora o adulto sou eu, e eu sei tão pouco sobre o amor quanto você — digo com firmeza, mas ouço minha voz calma, sem nenhum tom de acusação. Ele permanece imóvel, olhando para a frente e escutando tudo. Não tem como explicar, mas eu simplesmente sei que ele está escutando tudo. — Sabe... eu passei muito tempo tentando puxar um pouquinho dessa culpa para o meu lado. Tentando reduzir meus sentimentos, pensando, tipo, no que poderia ter acontecido se tudo fosse diferente. Se você tivesse me dado o amor de pai que eu sempre quis desde cedo, se você tivesse sido presente e se importado com a minha vida, onde eu estaria agora? Eu fantasio tanto, pai! Imagino uma vida completamente absurda, com felicidade infinita e carros voadores. Amor de pai nenhum poderia fazer isso por mim. Mas, como essa versão do futuro nunca aconteceu, eu me permito imaginar que ela teria sido muito, muito melhor.

Ele suspira. Provavelmente pensando na versão dele de "futuro muito, muito melhor".

— Mas eu tô cansado — continuo. — Cansado de viver apegado a uma vida que nunca tive enquanto sou forçado a acordar todos os dias na vida que eu tenho de verdade. E, no fim das contas... eu não vivo nenhuma das duas, pai. E eu quero viver. Quero parar de pensar todos os dias que a minha rotina é ridícula e a minha vida é medíocre. Que as pessoas só ficam do meu lado por pena, porque eu não tenho mais nada a oferecer. Porque, sinceramente, eu tenho, sim! Eu sou um cara legal, pai! Você nunca se deu ao trabalho de me conhecer, mas eu sei que sou uma pessoa boa. Eu sou inteligente, sei conversar sobre um monte de coisas. Sou engraçado, um bom ouvinte, dou bons conselhos... sei fazer um bolo de chocolate tão gostoso! Todos os meus amigos elogiam. Eu ia preparar um amanhã, para o meu aniversário. Não ia fazer nada de mais, só um bolinho em casa com meus amigos, pra gente comer enquanto assiste a clipes na TV. Pode parecer uma comemoração deprimente para muita gente, mas eu gosto tanto! Sabe por quê? Porque quando eu junto todos os meus amigos, a gente não para de falar por um segundo. A gente não cansa de conhecer uns aos outros. A grande maioria é gay como eu, todos com relações familiares complicadas como a minha. Todos vivendo um dia após o outro com o que a gente tem, do jeito que a gente consegue. Eu me sinto mais forte quando estou com eles. Me sinto mais capaz de vencer a vida. Não vencer NA vida, sabe? Entende a diferença? Será que essa sua cabeça dura consegue entender que eu preciso vencer a vida todos os dias porque existir é uma batalha para mim? Uma batalha onde eu caí de paraquedas, sem nenhum treinamento e com pouquíssima força. Uma espada de papelão e mais nada. Eu precisei tanto da sua ajuda... — Paro por um instante antes de perceber aonde quero chegar com isso tudo. — E agora que você não existe *mais, eu sei que preciso seguir em frente, mas não sei como te perdoar. Não sei se quero te perdoar.*

Ele continua em silêncio, e isso me enfurece. Achei que a parte do meu cérebro que roteiriza meus sonhos seria mais generosa comigo. Me daria um pai diferente, que levanta do banco, me abraça e me diz tudo o que eu sempre quis ouvir. Porém, mais uma vez, sou lembrado que isso aqui não é sobre o que eu quero ouvir.

Um barulho a distância rompe o silêncio. Olho para a estrada e vejo um carro vermelho se aproximando no horizonte.

— Sete mil duzentos e vinte e três — meu pai diz, finalmente.

Abro um sorriso involuntário. É uma brincadeira que fazíamos quando eu era criança. Toda vez em que estávamos no carro, a gente reparava na placa dos outros veículos, disputando para ver quem encontrava o maior número. Eu era competitivo, mas meu pai nunca pegava leve comigo. Como fez durante a vida inteira, ele nunca me deixava ganhar.

— Três mil cento e quatro — digo, lendo a placa do carro seguinte. — Perdi.

Mais um carro se aproxima, se materializando na estrada de luz.

— Cinco quatro meia sete — meu pai diz, lendo a placa seguinte.

— Cinco quatro dois nove! — exclamo, ao ver o carro que vem logo atrás. — Foi quase!

Ele sorri.

— Sete nove dois dois.

— Quatro meia nove quatro — rebato.

— Ganhei!

— De novo.

— Mil e dois — meu pai anuncia, desanimado.

É fácil ganhar de placas que estão na casa dos mil.

Encaro o horizonte com atenção, torcendo pela minha vitória. Fico boquiaberto quando o carro seguinte se aproxima.

— Zero zero zero um? — grito. — Porra! Essa placa nem existe!

— *Eu também não — ele responde sem nem pensar.*

Começo a rir. E meu pai ri também. Uma gargalhada que eu acho que nunca ouvi na vida.

— É... — digo, quando paro de rir, secando os olhos que, *sem que eu percebesse, soltavam lágrimas de tristeza ou alegria.* — Você também não existe.

Meu pai pisa no freio e o ônibus para.

Pssstttt. A porta ao meu lado se abre.

— Você fica aqui — ele anuncia. — Eu sigo viagem.

Não discuto. Apenas olho para a versão imaginada do meu pai, com seus braços magros abraçando o volante, a camisa polo vermelha larga no corpo, a pele do rosto flácida e caída. Ele está muito mais velho do que quando eu o encontrei aqui minutos atrás.

— Tchau — digo, dando meia-volta e descendo os degraus.

Quando meus pés atingem o chão, estou no ponto de ônibus. No Nosso Lugar. O ponto abandonado onde eu e Otávio nos encontrávamos escondidos. O lugar onde eu comecei a acreditar que poderia ser amado de verdade por alguém.

A rua sem saída continua a mesma de sempre. O chão de paralelepípedos cheios de musgo, as árvores altas e o ar úmido. Respiro fundo, e o cheiro de aventura toma conta dos meus pulmões. Ele está por perto.

Encaro o começo da rua e avisto Otávio se aproximando.

Ele vem devagar, com o uniforme do colégio e a mochila pesada nas costas. Está olhando para o chão e parece não ter notado minha presença.

— Otávio! — grito.

Ele levanta o rosto. A franja loira está emplastada sobre a testa suada. As bochechas estão vermelhas e os olhos, tão verdes quanto o musgo no chão.

— Júnior! — ele responde.

— Otávio! — grito de novo.

Não sei dizer outras palavras. Esqueci todas.

Ele começa a correr em câmera lenta, se aproximando de mim numa velocidade extremamente insatisfatória.

— Júnior! — grita de novo. — Júnior!

AGORA

— Júnior — Otávio sussurra no meu ouvido. — Chegamos.

Abro os olhos lentamente, ainda meio grogue. A vibração do motor do ônibus parou. O ventinho gelado do ar-condicionado também. Está escuro lá fora. Levanto a cabeça e percebo um rastro de baba escorrendo pelo canto da minha boca. Olho para o lado e, na camiseta do Otávio, encontro uma mancha escura de lágrimas e saliva. Que vergonha.

Com cuidado, ele pega meus óculos que estavam pendurados na gola de sua camiseta e me entrega. Eu os coloco. As lentes não estão mais imundas. Nenhuma marca de dedo. Ele limpou enquanto eu dormia.

— Nossa, eu apaguei.

— Percebi — ele diz, sensível o bastante para não apontar meu rastro de nojeira deixado para trás. — Você estava precisando. Conseguiu descansar?

— Um pouco. Sonhei muito.

— Nossa, eu nunca sonho quando durmo, sabia? Às vezes vejo umas manchas coloridas flutuando, tipo protetor de tela de computador antigo. Mas, na maioria das vezes, é só escuridão total — Otávio diz, se espreguiçando.

Ele deve estar feliz por finalmente poder se mexer de novo.

— Nossa, que inveja — comento. — Eu sonho toda noite. Uns sonhos longos, elaborados, insuportáveis. Queria um pouquinho de escuridão total às vezes.

— Minha mente é um tédio, Júnior. — Ele ri. — Não acontece nada grandioso aqui dentro. — E cutuca a têmpora com o dedo indicador.

Otávio é um homem tão bonito. Que sorte a minha poder acordar do lado dele.

Balanço a cabeça para espantar as ilusões do Júnior Adolescente.

A movimentação de passageiros descendo do ônibus começa a se acalmar, e Otávio se levanta primeiro, tirando a bolsa transversal do compartimento de malas em cima da minha cabeça.

Me arrasto pelo banco e faço o mesmo. Meu corpo parece pesar uma tonelada. Meu joelho dói depois de ter passado tanto tempo dobrado. Apesar de ter dormido no finalzinho da viagem, sinto que poderia dormir por mais umas vinte horas seguidas.

Em silêncio, descemos do ônibus no meio de uma minimultidão que espera para pegar as malas no bagageiro inferior. Eu não preciso esperar, pois só vim com uma mochila pequena. Me dou conta de que nem passagem de volta eu tenho. Não sei quanto tempo vou ficar aqui. Questões que o Júnior do Futuro vai resolver.

— Ei, moço! — uma voz chama, tocando meu ombro. Me viro e encontro a mulher que me pediu para trocar de lugar no começo da viagem. No colo dela, um Gael adormecido está todo esparramado, roncando e babando, assim como eu estava poucos minutos atrás. — Obrigada mais uma vez. Foi muita gentileza da sua parte.

Olho para o lado e avisto Otávio todo atrapalhado, buscando uma mala de rodinhas gigante e um pacote colorido que provavelmente é um presente de aniversário para o sobrinho dele.

— Eu é que te agradeço, moça. Foi uma viagem especial.

Ela sorri, mas parece não entender. Passar mais ou menos nove horas dentro do ônibus Tietê × Nova Friburgo na rota da tarde não tem nada de especial. Mas sinto que, por conta desta viagem, minha vida mudou um pouquinho. Para melhor, espero.

Me despeço educadamente da desconhecida e corro para ajudar Otávio com suas malas.

— Minha irmã está me esperando de carro lá fora. Quer carona? — ele oferece.

— Não precisa. Eu peço um Uber. Acho que preciso de um tempo em silêncio antes de... encarar tudo — respondo.

Otávio assente, percebendo, assim como eu, que nossa viagem juntos pela terra das lembranças acabou e que está na hora de pisar no mundo real.

O mundo real (Rodoviária Sul de Nova Friburgo, RJ) é horrível, escuro e tem cheiro de fritura. Já passa das dez da noite e o único estabelecimento aberto na rodoviária inteira é uma lanchonete triste, com salgados tronchos expostos numa estufa de vidro e uma TV parafusada na parede que exibe um jogo de futebol com a imagem toda chiada. É o pior lugar para se estar, mas não me sinto pronto para sair daqui e lidar com tudo o que me espera.

Atravessamos um corredor ladeado por lojinhas fechadas até chegarmos na calçada, de frente para a rua. Do outro lado, um carro buzina e uma mulher ao volante acena. A irmã de Otávio. Mesmo no escuro, dá para ver que os dois são idênticos. No banco de trás, um garoto afivelado numa cadeira de bebês acena, sorri e baba. É o Theo. O moleque é bonitinho mesmo.

— Eu... vou nessa, então — Otávio anuncia. — A gente se fala. Não sei como está a sua agenda...

— Por enquanto só tenho um velório marcado, mas depois disso tô superlivre — digo com uma risada.

— Ah, sim, claro, claro. — Otávio fica vermelho de vergonha. — Coisa idiota de se falar. Desculpa. Hum... é...

Ele parece também não querer ir embora. Por motivos completamente diferentes dos meus, mas mesmo assim.

— Me dá seu telefone — peço, com a voz confiante.

Não é uma pergunta. Mas também não chega a ser uma *ordem*. É um pedido feito com a firmeza de quem sabe o que quer. Ainda nem fiz trinta anos, mas já gosto um pouco mais de quem estou me tornando.

Otávio ri, aliviado, feliz por eu ter dado o primeiro passo. Trocamos números e a irmã dele buzina mais uma vez. *Já vai, caralho.*

— Devo ficar a semana inteira por aqui — ele diz.

— Eu ainda não sei até quando fico, mas...

— A gente vai se falando.

— *Por favor* — quase imploro.

— Feliz aniversário amanhã.

— Valeu — respondo, deixando de lado o fato de que enterrar meu pai vai fazer com que o dia seja qualquer coisa, menos feliz. — Me leva pra tomar um sorvete qualquer dia desses?

— Como nos velhos tempos — ele diz.

— Nem tão velhos assim! Como nos *bons* tempos — corrijo.

— Você é mesmo excelente em escolher palavras. — Otávio me elogia pela milésima vez no dia.

— E o lado positivo de ter vivido bons tempos com você é a esperança de viver tempos *melhores ainda*.

Ele não responde. Só me abraça. É um abraço forte, apertado, mas apressado. Porque, assim como eu, Otávio sabe que, se o abraço demorar um pouquinho mais, a gente não sai mais daqui.

Acompanhado pelo som de mais uma buzina da irmã impaciente, Otávio atravessa a rua, entra no carro e vai embora.

Estou sozinho.

Pego o celular e chamo um Uber. Um motorista aceita de cara, mas ele está a cinco minutos daqui. Encaro o céu escuro, cheio de estrelas que raramente consigo ver na noite encoberta de São Paulo. Observo as montanhas infinitas que cercam a cidade, quase limitando as vidas que existem aqui. Penso em todas as vezes em que cheguei e fui embora. No peso que costumava sentir sempre que pisava em Nova Friburgo. O peso de hoje é diferente. Ainda existe, é claro, mas não mais como um fardo nos meus ombros.

O motorista chega. Entro no carro. Coloco o cinto.

— Boa noite, senhor… — Ele olha a tela do celular para ler meu nome no aplicativo. — João Paulo.

Ouvir o nome do meu pai me causa um calafrio. Levo meio segundo para entender que está se dirigindo a mim. Que eu *também* sou João Paulo.

— Boa noite.

Pego o celular como uma maneira silenciosa de sinalizar que não quero conversar. Não estava mentindo para Otávio quando disse que precisava de alguns minutos de silêncio para me preparar. Não sei o que me espera na casa dos meus pais. Que agora é só da minha mãe. Não sei se ela vai precisar que eu seja forte por nós dois ou se vai querer

MAIS ou MENOS 9 HORAS **251**

companhia para ser triste. Não sei como será a sensação de passar por aquela porta e perceber que, talvez, agora eu consiga respirar direito lá dentro. Tudo o que eu sei é o que dá para fazer agora.

E *agora* estou indo para casa.

A luz da tela do celular acende, iluminando meu rosto cansado. A notificação da mensagem que minha mãe enviou algumas horas atrás continua ali, sem resposta.

Abro a conversa, digito rápido, envio a mensagem e fecho os olhos.

Oi, mãe. To chegando.

AGRADECIMENTOS

Sou muito grato à minha família e aos meus amigos por acreditarem em mim e no meu trabalho. Obrigado por comemorarem cada conquista ao meu lado e por oferecerem o apoio de que preciso nos dias difíceis.

Agradeço também a toda a equipe da Agência Três Pontos, que cuida da minha carreira de um jeito que eu jamais seria capaz de cuidar sozinho. E a todo o time da Editora Alt, que sempre aposta nos meus livros, embarca nas minhas ideias e acredita que este gayzinho aqui ainda tem boas histórias para contar.

Aos meus leitores, desde os mais antigos até os que chegaram agora. Minhas histórias só têm sentido porque vocês dão sentido a elas. Sem ninguém para ler, meus livros seriam apenas um compilado de "uén uén uén" impresso num papel caro. Obrigado por darem aos meus personagens o carinho e a atenção que eu acho que eles merecem, mas sou incapaz de dar sozinho.

Por fim, gostaria de agradecer ao Alexandre, meu namoradinho de adolescência que inspirou bastante a dinâmica entre Júnior e Otávio. Obrigado por viver comigo meus primeiros aprendizados sobre amor romântico, que pautaram a grande maioria das histórias de amor romântico que escrevo até hoje. E, em especial, obrigado aos meus amigos de faculdade Priscila, Dara, Mateus e Duda, que, quando o Alexandre terminou comigo, me convenceram a não me jogar na frente de um ônibus depois da aula. Ser atropelado pelo fretado Friburgo-Cantagalo teria sido um jeito extremamente deprimente de morrer.

**Confira nossos lançamentos,
dicas de leitura e
novidades nas nossas redes:**

 editoraAlt
 editoraalt
 editoraalt
 editoraalt

Este livro, composto na fonte Fairfield,
foi impresso em papel Lux Cream 60g/m² na gráfica Lis Gráfica.
São Paulo, Brasil, setembro de 2024.